妃は陛下の幸せを望む 1

池中織奈

Orina Ikenaka

レジーナ文庫

登場人物
紹介
ベッカ
妃の一人で、
伯爵令嬢。
お茶会でレナに
恥をかかされて
から、彼女を
目の敵に
している。
エマーシェル
妃の一人で、男爵令嬢。
おっとりしていて、
危なっかしい少女。
レナ
国王の妃の一人で、侯爵令嬢。
幼い頃、彼に一目惚れしてから、
いつか力になりたいと
自分を磨いてきた。
サンカイア
妃の一人で、豪商の娘。
服のデザインを
するのが趣味。

リアンカ
妃の一人で、
伯爵令嬢。
キツイ性格で、
他の妃に
嫌がらせ
している。
トーウィン
国王直属の文官。
レナの侍女に
思いを寄せている。
アースグラウンド
アストロラ王国の国王。
前国王夫妻が急死したため、
若くして即位した。
その重責のためか、
やや疑心暗鬼になっている。
ディアナ
妃の一人で、公爵令嬢。
最有力の正妃候補だが、
なにやら不名誉な噂が
流れていて……？

目次

妃は陛下の幸せを望む 1

永遠の愛を信じるか否か。

私――レナ・ミリアムは、それはほとんど幻のようなものだと思っている。

世の中には、生涯ずっと愛し合っている人たちがいるのは知っている。

だけど貴族として生きていれば、それがどれだけ珍しいことか、進んで知ろうとしなくてもわかる。

政略結婚が当たり前の貴族社会では、愛人を囲う者も多いし、愛憎劇の末に殺傷事件を起こすような者もいる。社交界に入ったばかりの私の耳にも、そういう情報が沢山入ってきていた。

神様の前で永遠の愛を誓っても、その思いが失われるのはよくあること。

だから、永遠の愛なんてないのかもしれない。

けれど私は、それを信じたい。

私には、十年も前から抱えている愛がある。

それは敬愛であり、異性に対する愛でもあると私は認識している。

あの方の役に立ちたい。

その一心で知識を身につけ、外見を磨いた。

あの方が私を愛してくれなくてもいいのだ。あの方のためになにかできればいい。

それはただの自己満足。だから、見返りなんて求めない。

初めてあの方に会ったのは、十年前の、あるパーティーでのこと。

そこであの方は、泣いていた私にハンカチを差し出してくださった。

初めて彼を見た時、なんて綺麗な人なんだろうと、思わず見惚れてしまったことを覚えている。

私に微笑みかけて、どうしたんだと聞いてくださった。

まだ子供で、ちょっとしたことで泣いてしまった私の涙を拭い、私を安心させるような笑みを浮かべてくださった。

その笑顔に、なぜか運命を感じてしまうくらい強く惹かれたのだ。

彼と話すうちに落ち込んでいた気持ちは浮上していて、私の心にはあの方の笑顔と、あの方と交わした些細（ささい）な会話だけが残った。

彼にとっては記憶さえ残っていないであろう、本当に小さな出来事。だけど、私はそれだけで単純にも恋に落ちてしまった。

それから、ずっとずっと、あの方が好きだ。もしかしたらこの気持ちは、淡い初恋として消えていくのではないかと思ったこともあるけれど、そうはならなかった。

いまでも鮮明に思い出せる。幼（おさな）い頃に出会った彼のことを……

出会った頃、王太子だったあの方――アースグラウンド様は、このたび王となった。

そして私は侯爵家の令嬢として、あの方の後宮に入ることになっている。

あの方の妃の一人になれる。愛するあの方のために、なにかできる。

それだけで、私はどうしようもなく幸せだ。

だから私は誓う――

「後宮できっとあの方の力になりますわ!!」

第一章

「ようこそおいでくださいました。レナ・ミリアム様」

後宮の門の前で、女官長が頭を下げた。その後ろには、三人の侍女が控えている。

「お出迎えありがとうございます。これからよろしくお願いしますわ」

私は貴族令嬢らしく挨拶(あいさつ)し、にっこりと笑いかけた。

私の名前は、レナ・ミリアム。

ミリアム侯爵家の長女で、この国で成人として認められる十六歳になったばかりだ。

私は今日から、王の妃の一人になった。

この国の後宮は、普段は閉鎖されている。正妃を決める時にのみ建物が開(ひら)かれ、そこに各地から妃たちが集められる。そしてその中から、陛下が相応(ふさわ)しい者を選ぶという仕組みだ。

先日、陛下の正妃選びが行(おこな)われるとのお触れがあり、それと共に各地の令嬢たちに妃として後宮に入るよう、勅令(ちょくれい)が下(くだ)った。

私もそれに従い、ここにやってきたというわけだ。

目の前で、女官長がまた深々と頭を下げた。

「こちらこそよろしくお願いします、レナ・ミリアム様。ご要望通り、三人の侍女を手配させていただきました。これだけ少人数で大丈夫でしょうか」

「ええ。問題ありません」

私の後ろには、実家から連れてきた四人の侍女――チェリ、カアラ、メルディノ、フィーノが控えていた。

この国の貴族の令嬢は、普通は侍女を十五人は連れている。これは、単に身の回りの世話をさせるためだけでなく、その数で自分の権力を誇示（こじ）するためでもあるからだ。家の爵位が高ければ高いほど、連れている侍女の数も多い。

けれど私は、実家から連れてきた侍女四人と、今日から私付きになった侍女三人がいれば十分だ。

それに、実家から連れてきた侍女たちは信頼できるけれど、後宮から手配された侍女のことは正直信頼できない。私の目的のためにも、新しい侍女の数は少ないほうがよかった。

私の目的。それは、愛する陛下を幸せにすること。

陛下は、前国王夫妻が事故で急死したことにより王位を継いだ。まだ即位されたばかりで、毎日政務に追われていることだろう。

ご両親である前国王夫妻がお亡くなりになってから日も浅く、きっと心身共にお辛いに違いない。

そんな中、正妃選びまでしなければならない陛下のご負担を、少しでもいいから軽くしたいと思っている。

あの方に恋をしてからずっと、私はあの方の力になるために様々な努力をしてきた。

彼のために行動できる機会を色々想定して、自分を磨いた。

その成果を活(い)かす時が来たのだ。

私はこの後宮で、きっと陛下の力になってみせる！

そう心の中で意気込んでいた私に、女官長が三人の侍女を紹介してくれる。

彼女たちはそれぞれ緊張した面持(おもも)ちで頭を下げた。

三人共素直で、一生懸命仕事をしてくれそうな印象だ。私はひとまず安心した。

女官長は、見ている者をほっとさせるような笑みを浮かべていて、好感が持てた。後宮を統括している彼女は、妃たちの住まう部屋の準備、妃に仕える侍女たちの手配や教育といった様々な仕事をしている。また王宮と後宮をつなぐ重要な役割を担(にな)っていて、豊富な人脈を持つ。

「お部屋にご案内いたします」

女官長がそう言って歩き出した。

後宮は王宮と同様、外観も内装も白で統一された美しい建築物だ。王宮の敷地内にあり、王宮の入り口からもっとも遠い位置にあった。

男子禁制の女の園である。一部の特例を除いて、男は入ることすらできない。妃として後宮に入ると、外部との接触は著しく制限される。手紙は中身を確認され、出入りには事前に申請が必要だ。外出の審査はとても厳しく、妃たちはほとんど後宮の外に出ることがない。

そのため、後宮内は妃たちを退屈させないようにと趣向がこらされており、庭園も綺麗に整備されていた。たいてい一年もしないうちに正妃と側妃が正式に決まり、他の妃たちは家に帰されるので、こうして工夫してあれば特に不満も出ないのだと聞く。

後宮は四階建てのようで、私は一番上の階の豪華な部屋に通された。

「レナ様には、この睡蓮の間をご用意いたしました。では、私は失礼します」

女官長はそう告げて、その場を辞した。

部屋の名前を聞いて、昔後宮にいた伯母様から聞いた話を思い出した。その頃と変わってなければ、この部屋は後宮の中で二、三番目に広いはずだ。侯爵家令嬢という私の身分を考えて割り当てられているのだろう。

私は自分に与えられた部屋の中を見回す。

後宮に来る前に、必要な家具や調度品の希望を伝えて、自分好みの部屋に整えてもらっている。

私が事前に運び込むようお願いしていた荷物もきちんと置いてあった。

部屋の中を見回して満足した私は、椅子(いす)に腰かけて、これからなにをするべきか思考を巡らすことにした。

後宮の主(あるじ)であるアースグラウンド様は、今年二十歳になる。

彼は即位してまだ五ヶ月だけれど、既に正妃や側妃(そくひ)の候補として、それなりの数の令嬢が後宮に入っているはずだ。

この国では、王太子になればいつでも後宮に妃を集められるようになる。けれどたいていは、王位を継いでから正妃を選ぶものだ。

正妃と同時に側妃(そくひ)を選ぶ場合もあれば、生涯側妃(そくひ)を持たない場合もある。側妃(そくひ)が必要になった時に、また後宮に妃を集めることもあった。

今回は前王が急に亡くなられたため、陛下が即位されると共に慌てて令嬢たちを集めることになった。

私は陛下のことを心からお慕いしている。どんな形でもいいから陛下のためになりたいと、ずっと考えていた。

折角妃になれたのだから、後宮にいるからこそできることをしようと思っている。

そんな私が、まずするべきことは……

考えがまとまると、私は彼女たちに指示を出す。

「チェリ、カアラ、メル、貴方たちは後宮を見てきてちょうだい」

これは情報収集をお願い、という命令である。彼女たちとは十年近い付き合いだから、これだけ言えば私の意図をきちんと理解してくれる。もちろん、私の侍女たちが優秀だというのもあるのだけど。

情報とは武器である。特に女の戦場ともいえる後宮では、どんな些細な情報でも必要だ。

後宮に入る前にも情報収集をしてみたけれど、外から後宮内の事情を探るのは簡単なことではなかった。後宮が開いてまだ日が浅いのもあって、詳しい情報は集められていない。

私が知っているのは、昔後宮に入っていた伯母様から聞いた話や、噂話ぐらいだ。

なにをするにしても、まず後宮の現状を把握しなければ。

「わかりました。レナ様」

「行ってまいります。レナ様」

「では、レナ様のことを頼みますよ。フィーノ」

三人はすぐさまそう言った。

「ええ、レナ様のことは任されました」

お留守番のフィーノは私の傍に立ち、満面の笑みでうなずく。フィーノはいつもにこにこしている陽だまりのような子だ。背が高くて、力持ちで、だけど女性らしい。藍色の髪を腰まで伸ばしていて、夜色の瞳を持っている。

彼女がうなずいたのを合図に、チェリたちは部屋を出ていった。

「それから、誰か二人でディアナ様のもとへ手紙を届けてください。手紙はいまから書きますわ」

次に、新しい侍女たちにそう指示を出す。

「は、はい」

「わかりました」

侍女たちは緊張した様子で答えた。

手紙を届けるのに二人で行かせるのは、不測の事態に備えてのことだ。

後宮は様々な陰謀が渦巻く場所で、ライバルを排除しようと妃同士で嫌がらせし合うのは当たり前。酷い時には暗殺事件なども起きるのだ。

後宮に入ってすぐになにかを仕掛けられることはないと思うけど、手紙を奪われるくらいのことはあるかもしれない。実家から連れてきた侍女たちならばそういうことにも対処できるけれど、この子たちでは難しいだろう。

私が手紙を出したい相手——ディアナ様は、王家とつながりのある公爵家の令嬢だ。先代国王の弟君の娘で、陛下の幼馴染でもある。

彼女の実家であるゴートエア公爵家は、陛下からの信頼が厚い。若くして王位を継いだ陛下の後ろ盾になり、足固めを手伝っている。

私が陛下の役に立つためには、ディアナ様と良好な関係を築いておくべきだろう。

それに、彼女は後宮で一番地位の高い方だ。だから私から挨拶を申し出るのは当然のことだ。

逆に他の妃たちは私よりも地位が低いので、向こうから挨拶しに来てもらわなければならない。こちらから赴けば、私が舐められる原因になる。そんな事態はごめんだ。陛下のために行動するのが難しくなってしまう。

「あの、私はなにをすればいいのでしょうか」

用を言いつけなかった侍女が口を開いた。そんな彼女に微笑んでお願いする。

「それじゃあ、手紙を書くための紙とペンを用意してもらえるかしら」

「はい、わかりました」

仕事を頼むと、彼女は嬉しそうに笑った。

持ってきてもらった紙に、簡単な挨拶と、お茶をご一緒したい旨を書いた。マナーとして、ディアナ様を褒めたたえる言葉ももちろん書く。

私は社交界デビューしたばかりで、いま後宮にいる妃たちとは直接話したことがない。だからディアナ様と会うのも初めてだった。

陛下の幼馴染に会えるのだと思うと心が弾む。

思わず笑みを零したら、フィーノに「落ち着いてください」と小声で言われた。

手紙を書き上げると、侍女の二人に渡す。それを届けてもらっている間に、フィーノにお茶とお菓子を用意してもらった。

その後、二人が帰ってきてディアナ様からの返事を渡してくれた。その手紙には、明日の午後一時にディアナ様の部屋でお茶するのはどうか、といったことが書いてある。

明日ディアナ様に会いに行くなら、その準備をしなければならない。その他にすべきなのは、チェリたちが持ってくる情報をまとめることと、こちらに挨拶に来る妃たちの対応だ。

そう思っていたら、早速面会を申し込む手紙が届き始めた。今日中に彼女たちと会えるように、すぐに返事を出す。

しばらくすると、部屋をノックする音が聞こえた。フィーノが扉を開けると、妃の一人が入ってくる。

「レナ・ミリアム様、これからよろしくお願いします」

「ええ、よろしくお願いします」

挨拶にやってくる妃たちの本心なんてわからない。ただ、事務的なやり取りを交わす。

そうして他の妃たちとの面会を終えた頃、チェリたちが帰ってきた。

「レナ様、後宮内を見て回ってきましたわ」

「お疲れ様」

戻ってきた侍女たちに労いの言葉をかけると、新しい侍女三人に言った。

「貴方たちはこれを片づけてください」

彼女たちを部屋から出ていかせるため、お茶の片づけを命じる。三人はいい子たちに見えるけれど、まだ信用はできない。

　彼女たちが出ていったのを確認して、私は帰ってきたばかりの三人に指示を出す。

「まず、カアラは後宮の見取り図を描いてくれる？」

「はい。了解しました。レナ様」

　彼女はうなずいて作業を始めた。

「じゃあ、他の二人は後宮内で集めた情報を教えてね」

「はい、レナ様」

「わかりました。レナ様」

　チェリとメルは嬉しそうに笑って返事をすると、私に向かって報告を始めた。

「まずは、レナ様が面会なさいますディアナ・ゴートエア公爵令嬢についての情報を、最優先で集めてきました」

　そう言ったのはチェリである。真紅（しんく）の髪を一つに結んでいて、目の色は私と同じ茶色。私より二つ年上で、頼りになる侍女だ。

　続いてメルが、ディアナ様について語ってくれる。

「ディアナ様の様子をこっそりうかがってきたのですが、素晴らしい方に思えましたわ。社交界での評判通り美しく、それでいてできた方ですね。侍女への気配りもきちんとなさっていましたわ」

メルは私より四つ年上で、濃い茶色の髪を二つに結んでいる真面目な子。

そんなメルの言葉に、チェリもうんうんとうなずいて言った。

「他の侍女たちからの評判もよかったですわ。あのような方に仕える侍女たちは幸せでしょう。あ、もちろん、レナ様に仕えるほうが私にとっては幸せですわ！」

「私もですわ。可愛いレナ様の傍に控え、お守りすることができて嬉しく思いますわ」

彼女たちは優秀で、私の欲しい情報をきちんと届けてくれる。でも、報告の際にこうして脱線して、私の話になることがあった。『可愛い』なんて主に言う言葉ではないけれど、彼女たちとは幼い頃から一緒に育ってきたこともあり、いつもこの調子なのだ。

相変わらずの様子に、私は笑って咎める。

「もう、私のことはいいから報告を続けてちょうだい。二人が私のことをそんな風に言ってくれるのは嬉しいけれど、いまは報告を聞きたいわ」

彼女たちのまっすぐな思いは心地よくて好きだ。両親や、お兄様が私に向けてくれるような、家族愛にも似た愛情を持ってくれて嬉しい。

私だって、侍女たちのことが大好きだ。血のつながりはないけれど、私にとって家族のような存在。だから後宮に彼女たちがついてきてくれて、本当に心強い。

「はっ、すみません。レナ様」

「すみません、続きを報告させていただきます」

二人はそう言って、報告に戻る。

「ディアナ様は陛下の幼馴染で仲が良いということでしたが、調べてみたところ、陛下はディアナ様のもとへは通われていないようなのです」

「陛下が通っていない？」

「そうなのです。他の妃たちのもとには、後宮入りした日に必ず訪れていらっしゃるようですのに、ディアナ様のもとには一度も訪れていないとか」

私はそれを聞いて驚いた。

この国では、後宮に多くの令嬢を妃として招く。そして集めた妃の中から、正妃にする者を選ぶのだが、その過程で、妃たちと体の関係を持つのが通例だ。

正妃が決まる前に誰かが妊娠すれば、その妃は正妃か側妃になる。陛下が望めば妃を降嫁させ、子供だけを王宮に置くこともあるけれど、そういうことはあまりない。

ちなみに、正妃や側妃に選ばれなかった妃は家に帰されるが、それは令嬢たちにとって不利益にはならない。処女ではなくなっていても、高貴な血の流れる王族の手がついていることは逆に名誉なこととされている。

だから、一度も陛下のお渡りがないということは、ディアナ様の評判を傷つける。

それは陛下もディアナ様もわかっているだろう。

私は、陛下がディアナ様のもとへ頻繁(ひんぱん)に通っていると思っていた。少なくとも彼女が恥をかかない程度には通っていて当然だと思う。

恋愛感情があるかないかは別として、ディアナ様と陛下の仲が良いことは、社交界でもよく噂になっている。だから、陛下にとってディアナ様は、共に過ごしていて居心地のいい相手なのだろうと思っていた。

ところが、陛下はディアナ様のもとへ通っていないという。なにか理由があるのだろうか。

その後の侍女の話によると、陛下は王位を継いで間もないこともあり、後宮の管理までは手が回っていないようだった。とはいえ、妃たちの実家に配慮して、夜に彼女たちのもとを訪れてはいるそうだ。

それが本当だとすると、ますますおかしい。陛下が理由もなしに幼馴染(おさななじみ)であるディアナ様の評判を傷つけることはないはずだ。

とはいえ、私は陛下と親しいわけではない。公式の場でお会いする時以外は大して接点もない。そんな私が勝手に決めつけるのは、陛下に対して失礼だろう。

「そのことについては詳しく調べていきましょう。なにか理由があると思うのよ。だから、よろしくね」

「はい、もちろんです。レナ様のためなら頑張って調べてきますわ」

「ありがとう。じゃあ、他の方々の情報もくださる？」

そう言うと、彼女たちは他の妃について報告してくれた。

現在後宮入りしているのは、私とディアナ様以外に豪商の娘が一人、伯爵令嬢が二人、子爵令嬢が三人、男爵令嬢が三人だ。

後宮に入るには、いくつか条件がある。

一つは、それなりの身分であること。実際に後宮に入るのは貴族の娘がほとんどなのだが、中には豪商のように平民ながら力のある家の娘が妃となるケースもある。

二つ目は、婚約者や配偶者がいないこと。歴史を振り返れば、婚約者や配偶者のいる女性に目をつけた王が、無理やり後宮に召し上げたこともあるそうだが、近年はあまりない。

三つ目は、陛下と年齢が近いこと。陛下と歳が離れすぎていると、正妃に適さないと見なされるのだ。歳が近くても陛下より年上の令嬢はほとんどが結婚しているため、今回集められた妃はあの方より年下の娘ばかりだ。

これらの条件に合致する令嬢には、後宮に入るよう勅令が下る。

そして、準備が整った者から順に後宮入りしていく。

「伯爵令嬢であるリアンカ様とベッカ様は、互いに敵対しているという話ですの。なんでも、ディアナ様が正妃になることはないと馬鹿にしているようで、二人で正妃の座を競っているみたいですわ。互いに相手を排除しようと動いているようです。彼女たちは他の妃へのいじめも行っていると聞きました」

メルがそう言った。

「公爵令嬢で、陛下の幼馴染でもある方を馬鹿にするなんて、愚かね」

正直、そんな感想を抱いてしまった。陛下のお渡りがないとはいえ、ディアナ様は社交界で非常に評判のいい公爵令嬢だ。美しく、気品に溢れた完璧な方を、たったそれだけのことで見下すなんて浅はかだと私は思う。

チェリたちの報告によれば、子爵家や男爵家の妃たちは比較的静かに過ごしているらしい。中には、自身が正妃になるなんてありえないと考えている者もいるようだ。そういう妃たちは後宮内で目立たず過ごしつつ、お互いに交流しているという。後宮で得たつながりは、ここを出てからも役に立つことが多いからだ。

そして現状、陛下には特に気に入っている妃はいないらしい。

妃が全員揃っていない段階で正妃を選ぶことはできないから、まだ様子見しているのだろうか。もう陛下の心を射止めた妃がいる可能性はあるが、その場合も表向きはきちんと全員に接してから決められるはずだ。

そんな中でやるべきことは……

「伯爵家のお二人が馬鹿な真似をしないように、事前に対処する必要があるわね。お忙しい陛下の手を後宮のごたごたで煩わせるのは、できる限り避けたいわ」

火種になりそうな伯爵令嬢の二人には、目を光らせておくべきだ。

「ディアナ様に関しては、向こうに悟られない程度に探ってちょうだい。難しいかもしれないけれど、陛下が彼女のもとへ通わない理由を知っておいたほうが動きやすいもの」

そしてなにより、陛下のことを知らなければ。

「陛下の好みや、どの妃に興味を持っておられるのかも探ってほしいわ」

国王の結婚ともなれば、政治的メリットが優先され、個人的な感情はあまり考慮されない。最終的な正妃の決定権を持っているのは陛下だけど、実際には政治的な力関係や、有力貴族の意向が強く影響する。そのため、一般的に正妃として認められるのは、伯爵家以上の地位を持つ妃だ。

けれど私は、身分にかかわらず、陛下が心から愛する方に正妃になってほしいと思う。

人を愛しいと思う幸せは、他の何にも代えがたく、きっと陛下の人生を豊かにしてくれるだろう。

陛下をそんな風に幸せにできる女性が、あの方を傍で支えられるような、賢くて能力の高い妃であれば一番いい。

私は侯爵令嬢だから、正妃になれるだけの身分ではある。けれど陛下が私を愛してくださる未来など想像できない。いくら身分があっても、陛下が私を望んでくださるなんて、そんな都合のいいことが起こるとは思えない。

私は陛下が幸せであればいいのだ。

「レナ様、後宮の見取り図を描き終えました。それと考え込むのは結構ですが、新しい侍女たちがもうすぐ戻ってくるでしょうし、なにより初夜の準備をしなければなりません」

「え？」

「ですから、初夜ですわ、レナ様。ディアナ様は例外ですが、他の妃たちが後宮入りした初日には、陛下がその妃のもとを訪れておられます。本日、レナ様のもとへ陛下がお渡りになるのは間違いないでしょう」

カアラから告げられた事実に、私は固まった。

「……ああっ、忘れてたわ！」

思わずそう叫んで、慌てて椅子から立ち上がる。

「そ、そうだったわ。私も今日後宮入りしたんだから、よっぽどのことがない限り、あの方がおいでになるのよ……っ」

あの方の妃になれたことがどうしようもなく嬉しくて、どうすれば役に立てるだろうと計画ばかり立てているうちに、すっかりそのことを忘れていた。

なんということ……っ。私馬鹿だわ。そんな重要なことを忘れるなんてっ！

自分で恥ずかしくなってしまう。

「レナ様ったら、お渡りのことは頭になかったのですわね」

「ど、どうしよう。あの方が私のもとへいらっしゃるだなんて……。それって前に勉強したような、男女の営みをするんでしょう……？」

貴族の令嬢として、子供の作り方については習っている。男女の営みがどういう風に行われるかも知っている。それでも……好きな人とそういう行為をするとなったら、緊張するのは当たり前でしょう？

だ、だってあの方が私に話しかけて、私に触れて、そういう営みをするだなんて……考えただけで、もうどうしたらいいかわからなくなる。そもそも教育を受けているとはいっても、上手くできるかどうかわからないし……

「そうです。本日、陛下とレナ様は男女の営み(いとな)をするのです。戸惑う姿も可愛らしいですが、隙を見せるのは私たちの前だけにしてくださいね?」

「わかっているわよ、カアラ。それより私に変なところはないわよね?」

私はおそるおそる四人に向かって問いかける。

陛下を好きになってから、できる限り外見を磨いたつもりだ。肌の手入れや髪の手入れは毎日しているし、流行にも乗り遅れないようにしてきた。

でも、あの方にじっくり見られても大丈夫なのか、いまさらながら、その……初夜を思うと不安になってきたのだ。

「安心してください。レナ様は十分綺麗(きれい)で可愛いですわ」

くすくす笑ってチェリが言う。

「それに、陛下がお越しになる前に、私たちがレナ様の体をきっちり磨いて差し上げますから」

メルはお任せくださいと言って笑った。

「陛下にお気に召していただけるよう、レナ様をより魅力的に見せる夜着も用意いたしましたわ。レナ様はただ習った通りになさればよろしいのです!」

自信を持ってください、とフィーノが励ましてくれる。

「ええ、私、陛下から嫌われないように頑張るわ！」

後宮入りして初めての夜は重要だ。もし失敗して陛下に嫌われるなんてことになったら、どうしようもなく落ち込んでしまう。

なにかやらかしてしまったらどうしましょう……

心配だけど、女は度胸よ！　やれるだけやってみせるわ。

そう意気込んだ私は、部屋に戻ってきた三人も含めた七人の侍女たちにしっかり体を洗われ、身支度を整えてもらったのだった。

もし愛する人がいたとして、その人と二人きりで会話ができて、触れ合える。

それを想像した時、人はどんな反応をするだろうか。照れるだろうか、心躍(こころおど)るだろうか。

その機会に相手の心を手に入れようとするだろうか。それは人それぞれだと思う。

そして、私の場合は――

「ようこそおいでくださいました。陛下」

あてがわれたばかりの自室で、私は胸の高鳴りを抑えながら、陛下――アースグラウンド様を笑顔で迎えていた。

嫌われないように初夜を遂(と)げようと、完璧な妃として振る舞いつつ、扉から入ってきたアースグラウンド様を見る。

私の心強い味方である侍女たちは、部屋の外で待機している。いま、この場には私と陛下だけだ。

夜空を思い出させるような漆黒(しっこく)の髪は、相変わらず美しかった。

この国に黒髪の人はあまりいない。昔、黒眼と黒髪を持つ珍しい女性を妃に迎えた王がいて、陛下の黒髪はその遺伝なのだと聞く。

そして、鋭く細められた青色の目もとっても美しい。王族として生まれ、王となった彼の仕草は一つひとつが洗練されている。陛下を愛している私は、余計にその姿に魅了される。

だって、いまこうして見ているだけで、胸いっぱいにときめきが広がるのだ。

「ああ」

陛下はただうなずいて、私を見つめる。他には一言も喋(しゃべ)らず、なにも感じていないような態度で私に近づいてきた。

初めて会った時、陛下の雰囲気はもっと優しかった。けれどいまは、あの時の穏やかな笑みの代わりに、冷めた表情を浮かべている。

人伝に聞いた話だけれど、彼は王太子として過ごすうちに簡単に人を信用しなくなり、人に対して冷たくなっていったという。この国のただ一人の王位継承者というのは、それだけ人を疑わなければならない立場なのだろう。

そんな冷徹な態度にさえ、私の鼓動は速まる。

黒色のレースがついた夜着に身を包んだ私は、どうしようもなく緊張していた。恥ずかしくて、思わずうつむいてしまう。

だ、だって陛下に見つめられてるのよ。あの陛下が、大好きな陛下が私を見てると思うと、もうどうしたらいいかわからなくなってしまう。

それに、いま私が着ている夜着は、薄くて露出が多い。チェリは『レナ様はスタイルがよろしいので、自信を持って着てください』なんて言ってたけど、それでも恥ずかしいに決まってるでしょう！

いままでずっと陛下一筋だったから、親しい男性なんてお父様とお兄様と、後は幼馴染くらい。私は男性に免疫がないのだ。こんな格好で男性の前に、それも昔から恋い焦がれていた陛下の前に出るだなんて……。

でも陛下に迷惑をかけたくはない。だから緊張する心を必死に落ち着かせて、笑みを浮かべたまま陛下を見た。

すると、陛下を見返す形になって、その……陛下と目が合ってしまった。

たったそれだけで、私の平常心はどこかへ行ってしまう。

鼓動も驚くほど激しくなった。私の胸をこんなに高鳴らせ、こんな気持ちにさせるのは、この世で陛下だけだ。

陛下が私のほうに近づいてくる。そして私の手を取り、ベッドへと連れていき——そのまま押し倒した。

緊張しすぎてなにもできない私に、陛下がゆっくりと覆いかぶさってくる。

すぐ目の前に陛下の美しい顔があった。その青い瞳に見つめられるだけで、頭の芯がしびれたようにぼうっとなる。

そうしてただ見惚れていると……口づけをされた。

他の妃にもしているのだろうけれど、陛下にファーストキスを捧げられたことが私は嬉しかった。

唇が触れた一瞬で、心臓が破裂するのではないかというぐらい、バクバクした。

その気持ちを表に出さないように、貴族の令嬢としての笑みを浮かべる。他の令嬢たちが夜にどうしているかなんてわからないけど、大体こんな感じだろうと想像力を働かせて同じように振る舞おうとした。

ああ、もう、本当にこの人が好きだ。好きで好きでたまらなくて胸が熱い。そんな溢れんばかりの気持ちは悟らせないようにしなければ。

私は陛下の前では、故意に仮面をかぶっていた。だって素のままでいたら、私は嬉しくてだらしない顔をしてしまう。そんな情けない姿、見せたくない。一言も交わさないまま、夜着を脱がされていく。内心では恥ずかしくて、自分に変なところがないかと不安になってもいたけれど、絶対に表に出さないようにした。

そんな私に陛下が触れる。

そうして、その……陛下とつながったのだ。

初めてだったから緊張したし、怖かった。

だけど、それよりも幸せな気持ちが胸いっぱいに広がっていた。

だってずっと恋い焦がれていた陛下の顔を、間近で見られたのだ。その瞳に見つめられて、その手に触れてもらえた。

政略結婚が当たり前の貴族社会で、好きな人の妃になることができた。そして愛はなくても、こうして触れてもらえる。これほど幸せなことはないと思う。

陛下は私のことを、妃の一人としてしか認識していないだろう。

彼にとって妃のもとへ通うのは、きっとただの義務なのだ。

陛下は好きでもない女性を抱かなければならない。私がもし男だったら、そんなの嫌だ。

彼も進んでその義務を果たしたいわけではないのだと、その顔や態度を見ればわかる。

煩わしいとさえ思っているかもしれない。

だから私は、できる限り陛下の手を煩わせない妃になろう。陛下と過ごす夜の間、陛下に安らぎを……というのは無理かもしれないが、せめて陛下の負担にならないように務めたい。


そうして精一杯頑張って、気づけば朝だった。

目が覚めた時には、もちろん陛下はいなかった。

陛下と一夜を過ごせたなんて夢のようだけれど、確かに感じる腰の痛みが、それを現実だと私に実感させる。

「……私、陛下に抱かれたんだわ」

そう口にしたと同時にぽっと顔が熱くなった。昨夜のことを思い出して、枕に顔を埋める。

陛下がさっきまでここにいたのだとか、ここであの方とそういう行為をしたのだとか、考えれば考えるほど嬉しさと恥ずかしさが胸に広がった。

昨夜はあの方に嫌われないようにと必死で、そういう感情を全部胸にしまい込んでいた。それが一気に溢れ出して、どうしていいかわからない。

もう死んでもいいと思うくらい幸せ。いや、やっぱり死んでは駄目。死んでしまったら、あの方のために、なにもできなくなってしまう。枕に顔を埋めて足をばたばたさせる。

「レナ様、おはようございます。……って、なにをしていらっしゃるのですか？」

私が恥ずかしさと幸福感に身悶えていると、部屋に入ってきたカアラに呆れた声を出されてしまった。

その後、他の侍女たちも入ってきたので、恥ずかしさと幸せを胸の内にしまった。そして体を綺麗にしてもらって、新しい衣装を着付けてもらう。ディアナ様と会うためだ。

さて、体のだるさは感じるけれど、気合いを入れましょう。

「ごきげんよう、ディアナ様。昨日後宮に入りました、レナ・ミリアムと申します。これからよろしくお願いしますわ」

昼の一時に、私はディアナ様のもとを訪れた。実家から連れてきた侍女のうち、三人を伴っている。他の侍女たちには、別の用事を頼んであった。

「ようこそおいでくださいました、レナ様。どうぞ、こちらにおかけになってください」

ディアナ様はにこやかに微笑んで、椅子に腰かけたまま私を迎えた。その綺麗な笑みには、とても好感が持てる。

同性の私から見ても、ディアナ様は美しい方だ。腰まで伸びた長い髪はまばゆいばかりの銀色で、瞳の色はルビーのように煌めく赤。

胸が大きいのに、腰は驚くほど細く、ドレスを着ていてもそのスタイルのよさがわかる。胸元の開いた紺色のドレスは、ディアナ様の美しさを強調していた。

こんな美しい方と知り合えるなんて、本当に嬉しい。

「失礼しますわ」

私はそう告げて、ディアナ様の向かいの椅子に腰かけた。

ディアナ様の部屋は、この後宮で唯一の公爵令嬢に相応しく、広くて華やかだ。

彼女の後ろには十人ほどの侍女が控えている。私よりは多いけれど、公爵令嬢としては少ないほうだった。

私は向かいのディアナ様を見る。ここからが肝心だ。

侮られないように、それでいて嫌われないように。彼女を敵にまわしたくはない。

私は慎重に口を開いた。

「こうして二人でお会いするのは初めてですわね。社交界でも有名なディアナ様とお話しできることを嬉しく思いますわ」

「そうですわね。レナ様とお話しできて、私も嬉しいですわ」

私もディアナ様も笑みを浮かべている。でもこれは、貴族としての処世術(しょせいじゅつ)。貴族なんて笑顔の裏でなにを考えているかわからないものだ。

だから、私は目の前で笑うディアナ様のことも、まだ信用はしていない。

でも、陛下の幼馴染(おさななじみ)である彼女がどんな人間なのか、私はちゃんと知りたい。そして仲良くなれたら嬉しいし、ディアナ様から陛下の話を聞けたら、とも思う。

ディアナ様付きの侍女が、私たちの前にカップを置く。テーブルの中央には、お菓子の入った皿も置かれた。

私はカップを取り上げて紅茶を口に含む。

「あら、これはダーカス領のものですわね」

私がそうつぶやくと、ディアナ様が驚いたように言った。

「まぁ、わかりますの？」

「ええ、もちろんですわ」

私はこの国のことをひたすら学んできた。歴史や制度だけではなく、各地の特産物などについてもだ。

ディアナ様が出してくださった紅茶は、彼女の実家が治めるゴートエア領の隣、ダーカス領で生産されているものである。

紅茶は、生産地によって茶葉の味が異なるのだ。

私は有名な紅茶を片っ端（かたっぱし）から取り寄せて味わい、その違いがきちんとわかるようにしている。おそらく、これはディアナ様が実家から持ってきたものなのだろう。

「レナ様は紅茶にお詳しいのですね」

「少々嗜（たしな）む程度ですわ。それよりディアナ様のほうがよくご存知なのでは？」

「そんなことありませんわ。ただ好きなだけですわよ」

しばらくそんな会話が続く。互いにまだ心を許していない者同士、当たり障（さわ）りのない会話だ。もちろん、本心を口にしてはいるけれど、相手の気分を害さないように言葉を選んでいる。

私はまた紅茶を口にし、お菓子に手を伸ばしながら、ふと視線を本棚に向けた。そしてその中にあるものを発見して、思わず声を上げる。

「まぁ、ディアナ様はティーンの小説をお持ちなのですね」

ティーンは有名な恋愛小説家だ。正体不明の覆面（ふくめん）作家で、年齢はおろか性別すらも明かされていない。ただその作風から、読者の間では二十代の女性ではないかと噂されている。

貴族の女性の間でも評判で、もちろん私も愛読している。ディアナ様もティーンの小説を読んでいるのだと思うと、なんだか急に親近感がわいた。

「ええ。レナ様もお読みになるのですか？」

「読みますわ。私は『扉の中の世界』が一番好きですの。ディアナ様は？」

「まぁ、私もその作品は何度も読み返すほど好きですわ。でも、一番は『薔薇姫』ですの。主人公のローズが好きなのですわ」

「私もローズは好きですわ。あの気品ある振る舞いには憧れますわよね。それに親友であるカーヴィナへの思いには共感します」

ティーンの書く物語は、個性的で格好いい女性主人公が多い。私もそんな女性になりたいと思いながら読んでいる。

「ですわよね。あんな女性になりたいものです」

「ディアナ様は、もうローズのような気品をお持ちではありませんか」

「それを言うなら、レナ様もですわ」

こんな風に好きなものの話をするのは楽しい。

話が弾んで、気づけばあっという間に時間が経っていた。

「もうこんな時間だわ。私はそろそろ失礼します。またお会いできれば嬉しいですわ」

そろそろお暇しようと立ち上がり、微笑みながらそう告げた。

「ええ、もちろん。またティーンの小説についてお話ししましょうね」

ディアナ様も微笑んでそう言った。

ディアナ様の部屋を辞し、自分の部屋に戻りながら、交わした会話を思い返す。今日話してみた限り、彼女は素晴らしい方だった。

どうして陛下は幼馴染で、心を許しているはずのディアナ様のもとに通わないのか。その謎は私の中でますます大きくなっていた。

私がディアナ様とお茶をした翌日、新たな令嬢が後宮入りを果たした。

辺境の地を治めている男爵家の娘――エマーシェル・ブランシュ様。

彼女は後宮に入ってから、まずはディアナ様と私に挨拶の手紙を出したようだ。

面会を申し込む手紙が届いたその日、私は特に用事もなかったのですぐに返事をした。

しばらくして、部屋の扉をノックする音が聞こえてくる。侍女が扉を開けると、可愛らしい令嬢が入ってきた。

「お初にお目にかかります、レナ・ミリアム様。私はエマーシェル・ブランシュと申します」

そう言って、エマーシェル様は礼儀正しく頭を下げた。彼女は、地味な服を着た侍女を二人連れている。

エマーシェル様は背が低くて、可憐な女性だ。だが、所作がややぎこちなく、こういうことに慣れていないのが見て取れた。

濃い茶色の綺麗な髪を肩まで伸ばしており、目の色は髪よりも薄い茶色だ。可愛いけれど、あまり目立たないタイプだと思う。

「はじめまして、エマーシェル様。そちらにお座りくださいませ」

私は彼女に笑いかける。社交界に出ている時と同じ、貴族としての笑顔だ。

「失礼いたします」

エマーシェル様はそう言って、向かいの席に座った。

私の侍女たちが、お菓子と飲み物をテーブルの上に置いていく。

実家から連れてきた侍女のうちの二人には、また情報収集に出てもらっている。だから、いまこの場にいる侍女は五人。お茶の用意をしていない侍女たちは、私の後ろに控えていた。

「まぁ、おいしいですわ」

エマーシェル様はお茶を口に含んで、可憐な笑みを見せる。

それは、貴族が社交界で浮かべるような、作った笑みでは決してなかった。心のままに笑っている。そんな感じだ。

「これはなんというハーブティーですの？」

「カモミールティーですわ。私の領地で生産されているカモミールを使ったもので……」

私は顔に笑みを貼りつけたまま説明する。彼女が何気なく質問してきたことは、貴族であるなら知っておかなければならないことだった。出されたものを味わい、それがなにかを言い当てるだけでも、相手に博識だという印象を与える。

けれどエマーシェル様は、そういうことを知らないように見えた。

「そうなんですの。おいしいですね」

エマーシェル様は微笑んでいる。素直なところは好感が持てるけれども、後宮でそんな風に振る舞っていては、すぐにいじめの的になってしまう。

後宮は女の園であり、陰険ないじめがよく起きる。気に食わない相手を後宮から排除しようと精神的に追いつめるのだ。下位の貴族の妃は特に、なにか起こすとすぐ目を付けられる。

過去には心を病んでしまった妃もいて、そういう場合は自ら願い出て後宮を去ることができる。

「気に入っていただけてよかったわ」

もしここが後宮でなければ、『人前で隙を見せてはいけませんわ』といった忠告ぐらいはしたかもしれない。けれど、私にはここでやるべきことがあるので、そういうことは口にしなかった。

他愛のない話をした後、エマーシェル様は帰っていった。退室する時に、彼女がなにもないところでつまずいているのを見て、ここで生きていけるのだろうかとますます心配になった。

そんな風に、後宮入りしてからの三日間はあっという間に過ぎていった。

そして私はこの場所で、自分がやるべきこと――愛しい陛下の力になり、陛下が望む妃を正妃にするという目的のために、本格的に行動を開始するのであった。

第二章

エマーシェル様と面会した次の日、私は自分の部屋で手紙を書いていた。今日は伯爵令嬢主催のお茶会がある。そのお茶会の前に、お兄様に手紙を書いておこうと考えたのだ。後宮で得た情報のうち、家のためになるものは伝えておくべきだ。だからお兄様宛てではあるが、家族全員に読んでもらうことを前提に書いている。私の家族は貴族として、それらの情報をきちんと活用してくれるだろう。

私は家族を信頼しているし、家族も私をミリアム侯爵家の一員として認めてくれている。だから私は様々な貴族の裏事情も知らされていた。

私は自分が侯爵令嬢レナ・ミリアムであることを……貴族であることを誇りに思っている。

女性に対して『俺が守るから、君はなにも知らなくていい』と言う男性も中にはいるだろう。そう言われることに憧れる女性もいるはずだ。でも、私はそうではない。一人前の貴族として信頼され、家族として支え合えるほうがいい。

できればあの方を支えて、あの方と一緒に歩んでいける妻になりたい。陛下に恋心を抱いた当初はそう思っていた。だが、いまは違う。

私は侯爵令嬢だから、政治的なメリットのために正妃に選ばれることはあるかもしれない。けれど私は、陛下には愛する人と結ばれてほしいと思うから、そういう形で妻になるのは避けたい。

それに、妻にならなくても陛下のためにできることは沢山ある。とりあえず、いまの私にできることは、この手紙を書くことだ。

家のために書いていると言ったけど、一番はあの方のために書いている。

私の家族は、私が陛下を愛してやまないことを知っているから、この情報を上手く使って、あの方のためになることをしてくれるだろう。

「これを女官長に渡してきてくれるかしら」

手紙を書き終えた私は、侍女にそう告げた。

後宮へ届く手紙も、後宮から送られる手紙も、全て中身を確認される。だから私の手紙には一工夫してあって、家族の様子を尋ねる普通の手紙にしか見えないようになっている。けれど実際は、後宮の内情が事細かに記されているのだ。

それは、私と家族と、幼い頃から共に育ってきた侍女たち以外には読み取れない。なぜなら、私と侍女たちで生み出した『ミリアム式暗号』で書かれているからだ。私が八歳の頃に、侍女たちと暗号があったほうが便利だという話になって作ったものである。

「レナ様、お茶会の準備をしましょう」

侍女の一人が女官長のもとへ向かった後、カアラが私にそう言った。

私はその言葉を聞いて、壁の時計に目をやる。手紙を書くのに思いのほか時間がかかってしまったようで、お茶会の時間が迫っていた。

「そうね、もうそろそろ準備をしなければならないわ」

侮られないように身なりを整えなくてはならない。そこに少しでも付け入られる隙があれば、面倒なことになる。

侍女たちが私の髪に櫛を通す。お母様譲りの金色の髪は私の自慢だ。

そうして侍女たちにされるがまま、身なりを整えてもらう。

「レナ様、お綺麗ですわ」

「ええ。レナ様は誰よりも可愛らしいですわ」

「頑張ってください。レナ様」

「誰よりもレナ様が美しいですわ」

実家から連れてきた侍女たちが、嬉しそうに微笑みながら口々に言う。そんな四人についていけないのか、新しい侍女たちはぽかんとしていた。四人共、私を過剰なほど褒めるから、他の人が聞いたら驚いて当然だ。

「じゃあ行きましょう」

私はその四人の侍女を連れて部屋から出た。向かう先は後宮の庭園だ。

色とりどりの花が咲く庭園には丸テーブルが置かれ、お茶の用意が整っていた。テーブルを囲うように数人の妃が座っている。その中で、ひときわ派手な妃がこちらを見て言った。

「ようこそおいでくださいました」

彼女は赤茶色の髪を腰まで伸ばしており、黄色い瞳からは、どこかキツイ印象を受けた。胸元の開いた赤いドレスが、大きな胸を強調している。

正直、その胸の大きさを羨ましく思った。小さいのが悪いとは言わないが、殿方には大きな胸を好む方が多いと聞いている。

髪から爪先まで美しく仕上げているその女性こそ、今回のお茶会の主催者であるベッカ・ドラニア様だ。

ドラニア伯爵家の次女で、正妃の座を狙って諍いを起こしている伯爵令嬢のうちの一人である。

もう一人の伯爵令嬢であるリアンカ・ルーメン様がその隣に座っている。

彼女たちは、本気で正妃の座を狙っているようだ。他の妃が少しでも陛下に近づこうとすると、あの手この手で嫌がらせしているらしい。気に入らない妃へのいじめも激しいそうで、後宮で起きている騒動のほとんどが彼女たちによるものだという。

このお茶会で彼女たちを牽制して、少しでもそういう嫌がらせがなくなるようにしたい。

「レナ様、どうぞおかけになってください」

ベッカ様に促されて、私は席に着く。チェリたちは私の後ろに静かに控えた。

ベッカ様は侍女を十数人侍らせていて、不敵に微笑んでいた。この場にそれだけの数の侍女を連れてきているということは、ベッカ様付きの侍女は二十人以上いるのかもしれない。

使用人の数で権威を示すのはよくあることだけれど、私はあまり好きではない。

座っている妃たちの中には、エマーシェル様もいた。落ち着かない様子で視線をさまよわせていて、大丈夫かしらと不安になる。

ディアナ様はいなかった。おそらく、ベッカ様があえて呼ばなかったのだろう。よって、この場でもっとも権力があるのは、侯爵家の娘である私だ。ベッカ様もそれをわかっているのか、いまのところ私をないがしろにする気はないようだ。

そんなことを思っていると、リアンカ様が話しかけてきた。

「レナ様の領地ではハーブティーが有名ですわよね？　私もよく飲んでいますの」

リアンカ様は、この国では一般的な栗色の髪と瞳をしていた。背は私よりも高くて、スレンダーな体形であることがよくわかる、大人っぽい紫色のドレスを着ている。

「まぁ、そうなのですか」

そんな風に当たり障りのない言葉を交わす。ベッカ様とリアンカ様は新しく後宮に入った私を警戒しているようで、その目に敵意を潜めたまま微笑んでいた。

私たちの話に入ってくるような妃はいない。侯爵令嬢と伯爵令嬢たちの会話を、下手に邪魔したくないのだろう。

「ハーブティーといえば、ブライネット領の祭事でしか買えないものが有名ですわよね。私はいただいたことがあるのですけど、レナ様は？」

そう言って、リアンカ様が笑う。彼女は目を細めて、試すようにこちらを見ていた。

リアンカ様が私に恥をかかせようとしていることには、すぐに気づいた。これは、私を無知だと笑うための罠だ。

「ええ、ありますわ。『ブライアン』のことでしょう？　あの独特な苦みが癖になりますわよね。祭事には一度しか行ったことがありませんが、『ブライアン』はお土産に何度かいただきましたの」

リアンカ様の言葉に、私は間を置かずに答えた。

ブライネット領は、私の実家が治めるミリアム領と同様に、ハーブの生産地として有名である。そしてブライネット領の祭事では、領内で生産したハーブのみを使った、『ブライアン』というハーブティーが売られるのだ。

こういったことを知らないと付け込まれる隙になるし、馬鹿にされる材料にもなる。だから、こういう時は嘘をついてでも知っているふりをするべきなのだ。もちろん、正しい知識を持っているのが一番いい。

私が答えた内容は全て真実だ。

陛下の役に立とうと沢山勉強したから、私は様々な知識を身につけている。特に詳しいのは、もちろん我が国についてだけど、近隣諸国の事情にも通じている。

各地の特産物や流行りの食べ物は、必ず手に入れて試すようにしていた。

そして食べた感想を忘れないように、きっちりメモしてあった。珍しいものは、いくらお金をかけてもなかなか手に入らないことがある。だから、手に入れた時にはその機会を無駄にしないよう、自分で書いた味の特徴や感想を、何度も読んで暗記するのだ。

さて、あちらから恥をかかせようと仕掛けてきたのだから、こちらからも反撃しよう。

後宮で騒動を起こして陛下の手を煩わせている彼女には、私も思うところがある。

「リアンカ様は祭事にお詳しいんですの？」

微笑みながらそう尋ねる。

「ええ、少しは……」

「まぁ。それなら、隣国のバークア国の建国祭のこともご存知ですか？」

ふふっと笑って口にすると、自信満々だったリアンカ様が一瞬だけ顔を引きつらせた。

隣に座るベッカ様も少しだけ表情を変える。

しかし一拍も置かずに、リアンカ様が笑みを浮かべて答えた。

「ええ、もちろんですわ」

「あの舞は美しいですわよね？　中央で踊る『舞姫』には感動しますわ」

「ええ、あんな美しい女性になりたいものですわ」

「あら？　『舞姫』は男性の神官から選ばれるのですわよ？」

不思議そうな表情を作って言うと、リアンカ様がしまったという顔をした。

バークア国の建国祭では、神託によって選ばれた神官が舞をする。踊り手には男も女もいるが、中央で神聖な舞を踊る『舞姫』だけは絶対に男性なのだ。一度、お兄様と一緒に見に行ったが、男性とは思えないくらい綺麗だった。

悔しそうに唇を噛むリアンカ様を、ベッカ様が馬鹿にしたような目で見ている。いい気味だとでも思っているのだろう。

でも、甘い。次はベッカ様の番だ。

「話は変わりますけれど、ベッカ様、いまルサンド領の『アーノア』をつけていらっしゃるのかしら。いい匂いだわ」

「ええ、わかるのですか？」

漂ってくる香水の匂いから銘柄を特定すると、ベッカ様はあっさり認めた。さて、ここから仕掛けていこう。

「少量しか作られていなくてなかなか入手できないという話ですのに、手に入れていらっしゃるなんて驚きましたわ」

「香水には特にこだわっておりますのよ。気になった香水があれば、すぐに取り寄せるようにしていますわ」

ベッカ様が得意げに言った。

「私も香水が好きなんですの。色々お話ししたいですわ」

「是非！」

ベッカ様は香水について詳しいという自負があるようで、余裕の笑みを浮かべていた。

だが、私が次に発した言葉で、少し表情が変化する。

「最近市場に出回り始めたものだと、アッシリカ領の『ミズノア』が素晴らしいですわね」

「……ええ」

ベッカ様の表情がくもった。

「原料になる花も綺麗ですわよね」

「ええ、素敵な薔薇だと思いますわ」

「あら？『ミズノア』の原料は睡蓮ですわよ？」

アッシリカ領の特産物が薔薇だから当たりを付けたのだろうが、間違いだ。正しくは睡蓮である。

「ご存知なかったんですの？」

そう言ってにっこり笑いかける。

リアンカ様もベッカ様も、これくらいの話に上手く合わせられなければ、正妃など務まりませんわよ？

そんな風に思いながら、その後も二人が投げかけてくる質問に軽く答えていた。

すると突然、ガチャンという音がその場に響いた。

音のしたほうを見ると、エマーシェル様がカップを落としたようだった。地面に落ちたそれは、見るも無残に割れている。あんなに粉々になるなんて、どんな落とし方をしたのだろうか。

お茶会においてカップを落とすのは、ある意味致命的なミスだ。場の雰囲気を壊すだけでなく、最低限のマナーも身につけていないと見下されてしまう。

私は幼い頃に貴族の令嬢として、お茶会での振る舞い方をきっちり習った。ベッカ様やリアンカ様だって、そういう面は完璧だ。

けれどエマーシェル様は、そういうことに不慣れなようだった。

エマーシェル様の顔は驚くほどに真っ青だ。カップの破片を拾おうとしたが、すぐに手を引っ込め、ただおろおろしていた。

そんな風にしていては、いじめの格好の的である。

「ちょっと、貴方！」

ベッカ様の怒った声を聞きながら、私は誰にも気づかれないように小さくため息をつく。

エマーシェル様はびくっと肩を震わせ、おそるおそるベッカ様のほうを見た。

エマーシェル様の近くに座っていた妃たちが、青ざめた顔で彼女から距離を取る。中にはエマーシェル様を心配そうに見る妃もいたが、誰も言葉を発しようとはしなかった。

自分よりも身分の高い者に睨まれるということは、貴族の間では社会的な死を意味する。

「あの、申し訳ございません……」

真っ青な顔のまま、エマーシェル様はベッカ様に言った。

「私の用意したカップを割るなんて……っ。それがいくらするかご存知なのかしら？」

ベッカ様は不機嫌そうにエマーシェル様を睨みつける。

まぁ、こうなるのは当たり前だ。

お茶会の主催者は、開催場所や時間、食器から飲食物まで全ての準備を取り仕切る。

今回は伯爵令嬢であるベッカ様が主催のお茶会だから、用意されたものもその地位に相応しい高価なものばかりだ。下手に安価なものを使えば、『これしか用意できないのか』と侮られてしまう。

そして主催者は、『お茶会を成功させること』をもっとも大切にしている。自分の主催したお茶会が失敗に終われば、それも侮られる原因になるからだ。

つまり、成功するはずだったお茶会の空気を悪くしたエマーシェル様を、ベッカ様がよく思わないのは当然なのだ。

怒ったベッカ様に睨(にら)まれて、エマーシェル様は視線をさまよわせている。

「ええと、その……」

「言い訳はいりませんわ。そのカップは弁償(べんしょう)していただきます。貴方は確か、ブランシュ男爵家の娘ですわよね？　まともにお茶会もできない娘を後宮に入れなければならないだなんて、ブランシュ男爵もおかわいそうに」

ベッカ様が馬鹿にしたように笑っている。それに対してエマーシェル様は、青ざめるばかりだった。

男爵家の領内でなら、多少隙を見せてもいいかもしれない。けれど、ここは後宮だ。どんな小さな隙が命取りになるかわからない。

エマーシェル様は後宮のような場所には向いていないのだろう。私の部屋から出ていく時にもつまずいていたし、貴族の令嬢として不用心すぎる。

ただ、貴族としてではなく一人の少女として見れば、エマーシェル様のことは嫌いではない。表情豊かで愛らしいし、ここが後宮でなければ好感が持てるのだけれど……

「弁償だなんて……私の家にお金は……」

「まぁ！　自分で割っておいて、そんな言い訳をするんですの？　これだから貧乏人

は……」

体を震わせて青ざめるエマーシェル様を、ベッカ様はなおも責め立てた。

さて、そろそろこの状況をどうにかすべきだろう。下位の妃が相手だからといって、好き勝手されるのは見たくない。

そう思って、私はちらりとエマーシェル様を見る。そして後ろにいたチェリにある指示を出し、笑いながら二人の会話に入った。

「ベッカ様。このくらいのことでお怒りになるなんて、心が狭いと思われますわよ？」

これは、ベッカ様の注意をこちらに向けるための言葉だ。

目論見（もくろみ）通り、ベッカ様はエマーシェル様を責めるのをやめてこちらを見た。その目には、馬鹿にされたことへの怒りが見え隠れしている。

「なっ……、私は別に――」

「ベッカ様がその程度のカップ一つで逆上なさるなんて、思いもしませんでしたわ。割れたカップの代金も惜しむほど、貴方のお家は困窮（こんきゅう）していらっしゃるのかしら？」

わざとくすくす笑いながら、私は告げる。

挑発するのが目的だから、このくらい嫌味ったらしいほうがいい。

「そんなわけないでしょう！　この程度の物、お父様に頼めば買い直すのは簡単よ」

「あら、それならそんなに逆上なさる必要はないでしょう？　エマーシェル様のようなこうした場に慣れていらっしゃらない方に本気で怒るなんて、貴方の品性を疑われますわよ？」

わざわざこんな言い方をするのは、ベッカ様がしているのは品位を落とす行為であると強調するためだ。自分の評判が落ちることを、彼女は望まないだろう。

「後宮には、普段社交界にあまり関わらない方々も集められていますわ。その中にはマナーに慣れていない方もいるでしょう。そんな方々を相手にいちいちお怒りになっていたら、子供のすることに目くじらを立てる大人のようでみっともないですわよ」

こんな風に馬鹿にされるのは、ベッカ様にとって屈辱のはずだ。こうすることによって、ベッカ様の怒りを私に向けさせる。

後宮で問題が起これば、陛下の迷惑になる。実際、後宮では過去に何度か暗殺事件が起きているのだ。そんなことになれば、あの方がどれほど大変な思いをなさることか。

そういう事態を防ぐために、標的が私一人になるよう仕向けることにした。

全ての妃を守ることは難しくても、私にだけ敵意が向くようにすれば、嫌がらせだろうと暗殺だろうと対処できる。私と私の侍女たちなら、どうにかできる。

それに、悪意によって人がつぶれるのを見るのは嫌だ。そういうのは、見ていて気分が悪い。

だから、ベッカ様たちに侮られる気はないけれど、エマーシェル様を見捨てる気もない。

私はとどめとばかりに嫌味を言う。

「それに、ベッカ様もリアンカ様も、先ほど知ったかぶりをなさったでしょう？　それも恥ずかしいことですわ。エマーシェル様に礼儀を説く前に、もう一度きちんと勉強されてはいかがですの？」

私はまた、馬鹿にしたようにくすくすと笑う。

伯爵令嬢の二人は顔を真っ赤にして、怒った目で私を見ている。これで、ベッカ様もリアンカ様も私を『一番気に食わない相手』だと認識したはずだ。

その後すぐにお茶会はお開きになった。表面上は和やかに終わったが、去り際の二人の目には、私への敵意がにじんでいた。私はそんな彼女たちに、わざと嫌味ったらしく微笑んだ。

ベッカ様とリアンカ様と入れ違いに、席をはずしていたチェリが救急箱を持って戻ってきた。私はチェリにお礼を言って、エマーシェル様に近づく。

彼女は、割れたカップの片づけをする自分の侍女たちを、おろおろしながら見ていた。

「エマーシェル様」

「あ、は、はい」

「先ほどカップの破片を触った時、指をお切りになったでしょう？」

「え、なんで……」

「見ていれば気づきますわ。右手を庇ってらしたでしょう」

ベッカ様のお怒りが凄くて誰も気にしていなかったようだけど、エマーシェル様は破片を触ってから、ずっと指先を庇っていた。傷を放っておいたら跡が残るかもしれない。
だからチェリに救急箱を持ってきてもらったのだ。

私の言葉を聞いて、エマーシェル様付きの侍女たちが顔を上げた。

「まぁ、エマーシェル様。お怪我をなさっていたのですか？」

「すみません、気づかなくて……」

侍女たちは心配そうに言う。エマーシェル様は、彼女たちに慕われているようだった。

「貴方たちはそれを片づけていいですわよ？　エマーシェル様の傷は、私の侍女に手当てさせますから」

私が侍女たちに言うと、エマーシェル様が遠慮がちに口を開いた。

「え、でも……いいんですか？」

「ええ、いいわ。その代わり、少し私とお話ししてくださらない？」

私はそう言って笑った。

エマーシェル様には椅子に腰かけてもらって、チェリに手当てをさせる。

まだこの場に残っている妃たちが、こちらを遠巻きに見ていた。

「エマーシェル様、単刀直入に言いますわ。これから後宮で生きていくならば、あのような失敗をしてはいけません。お茶会でカップを割るだなんて、貴族の令嬢としては0点ですわ」

「え……そんな……っ」

エマーシェル様は泣きそうな顔をする。

「そうやってすぐ感情が顔に出るのもいけませんわ。貴族たるもの、どんな時でも平常心でいるべきです。それができないなら、せめてそう取り繕うくらいはすべきですわ」

私のはっきりとした言葉に、エマーシェル様は傷ついたような、ショックを受けたような表情をしていた。

そんな顔を見ると少し罪悪感がわく。ここが後宮でなければ、もっと優しく言えただろう。けれど他の令嬢も見ているところで下手に甘い態度を取り、彼女たちに舐められるわけにはいかない。

「レナ様、手当てが終わりました」

チェリがそう言って救急箱の蓋を閉めた。私はそんな彼女に微笑みかける。

「そう。では、帰りましょう。エマーシェル様、私はこれで失礼いたしますわ」

エマーシェル様に一声かけ、私はチェリたちを連れてその場を辞した。

「ふぅ」

部屋に戻ると椅子に腰かけ、私は息を吐いた。いまこの部屋にいるのは、実家から連れてきた侍女たちだけだ。後宮に入ってから付けられた侍女たちには、用事を言いつけて部屋から出ていってもらった。

貴族たるもの、信頼できない者の前では気を抜けないのだ。いや、信頼できると思っていた人さえも疑わなければならなくなるのが貴族だ。平民が思っているように、ただ遊んで暮らせるわけではない。平民には平民の苦労があり、貴族には貴族だからこその苦労がある。

「レナ様、先ほどは素晴らしかったですわ」

「ええ、カアラの言う通りです。自身に敵意が向けられるようにすることで、周りが被害にあうのを防ごうとなさるなんて。私たちのレナ様はお優しいですわ」

カアラとメルがそう言って労ってくれた。

侍女たちは私を優しいと言うけれど、そんなことはない。私は酷く冷たい人間だ。本当に優しい人なら——きっと先ほどのようにベッカ様たちを貶めたり、エマーシェル様を傷つけたりしなかっただろう。侍女たちを手足として使ったりもしないはず。

人を傷つけてなにも感じないわけではない。それでも私は自分の目的のためならなんだってする。あの方のためになると思えば、私は家族さえも利用するだろう。

あの方のためになりたい。あの方の役に立ちたい。

そんな私情で非道なことをする私の、どこが優しいのだろう。

私がエマーシェル様を庇ったのも、純粋に彼女を心配したからではない。後宮で問題が起きれば、あの方の迷惑になるからだ。

「私は優しくなんてないわ。本当に……貴方たちはいいように解釈しすぎよ」

褒めてくれるのは嬉しいけれど、そう思う。

「いいえ、レナ様はお優しいですわ。初めてお会いしてから十年、私たちがどれほどレナ様の優しさに救われてきたことか」

フィーノがにこにこと笑って言った。

「そもそもレナ様がいなければ、私たちは死んでいたかもしれませんのよ? ですから、レナ様には本当に感謝していますわ」

カアラもそう言って微笑む。

「……でも、私が貴方たちを保護して育てたのは、自分勝手な目的のためだからね？」

あの方に恋い焦がれた私は、自分に忠実な侍女を育てることにした。いつか陛下の役に立つため、どんな状況でも私の味方をしてくれる駒が欲しかったのだ。

貧しくて行き場もなかった彼女たちに目を付けたのは、恩を感じさせたほうが裏切らないだろうという、打算的な理由からだった。自分と同い年くらいの子供を選んだのは、幼い頃から共に過ごしたほうが、情を植えつけやすいと思ったからだ。

そうして沢山の侍女を育てた。いまここにいる四人は、その中から選りすぐった精鋭である。

私はこの四人を徹底的に教育した。だから、彼女たちは他のところの侍女たちよりも、様々なことを身につけている。

例えば、戦闘技術。彼女たちは大の男を相手にして十分戦える。暗器なんて物騒なものの使い方だって知っている。

もちろん侍女としても完璧だ。家事全般に精通しているだけでなく、狩りをしたり、農作業をしたりもできる。もしサバイバル生活をしなければならなくなっても、彼女たちがいれば私は生きていけるだろう。

それだけではない。彼女たちは、とある特別な能力も持っている。後宮にいる限り、あまり発揮する機会はないだろうが……。

「私たちはレナ様に救われたんです。だから、感謝しかありません」

チェリはそう言い切ってくれたけれど、その気持ちさえも私が植えつけたものだと思う。私に好意を持つように、私を裏切らないように、忠誠心を持つように――この十年間、意図的に育ててきたのだ。

まぁ……想像以上に私を慕ってくれるようになったのは、嬉しいのだけれど。

駒とはいっても十年も一緒に育ってきたのだから、大事に思っている。私のために行動してくれる、優しくて大切な侍女たちなのだ。

「ありがとう、皆。……これから、ベッカ様たちがなにか仕掛けてくるかもしれませんわ。もしかしたら、人を使って私を襲わせるなんてこともあるかもしれない。その時は、きっちり私を守ってちょうだいね？」

そう言うと、彼女たちはしっかりうなずいて答えてくれる。

「もちろんですわ！」

私も武術は嗜むけれど、チェリたちほどではない。学ぶことは他にも沢山あり、武術の習得だけに力を入れるわけにはいかなかったことと、私にそういう才能があまりなかったことが理由だ。

だから、私程度の実力では、ベッカ様たちが本気で仕掛けてきた時の対処は難しい。

もっとも、こういう事態を想定して、侍女を育成してきたわけだが……

「あ、それと、エマーシェル様のほうも一応注意して見ておいてほしいわ。ベッカ様の悪意は私に向けられたと思うけど、エマーシェル様にお茶会を駄目にされたことを根に持っていないとは限らないもの」

エマーシェル様のことを『お茶会でカップを割った男爵令嬢』としていじめないとは言いきれない。

私の言葉に、チェリたちがうなずいてくれる。

やらなければならないことはいっぱいある。お茶会によって、さらに増えてしまった。

これから後宮にやってくる令嬢たちもいるわけだし、正式にあの方の妻——正妃が決まるまで、後宮で厄介事が起こらないようにしなければ。

「ディアナ様がお茶会に呼ばれないほど舐められているのも気になるわ。ディアナ様はそれでいいと思っていらっしゃるのかしら……。もっと接触して、探る必要があるわ」

「ではお手紙でも出しますか？」

すかさずカアラが尋ねてくる。

「ええ。紙とペンを持ってきてもらえるかしら」

「はい。取ってきますわ」

そうしてディアナ様への手紙を書いていると、用事を言いつけていた侍女たちが戻ってきた。私は三人に「ご苦労さま」と声をかける。

手紙を書き終えると時間が空いたので、ハンカチに刺繍することにした。これは、次に陛下がいらっしゃる時に渡そうと思って作っているものだ。

後宮のいち妃にすぎない私が贈り物をしても、陛下が喜んでくださるかはわからない。けれど私はあの方のためにできることを、全てやりたいのだ。

あの方に贈り物ができるというだけで、嬉しくて嬉しくてたまらない。

ふふ、頑張りますわ！

私は気合いを入れて、刺繍に集中するのであった。

ベッカ様のお茶会の翌日。

実家から連れてきた侍女たちと自室でくつろいでいたら、差出人不明の荷物が届いた。

今日は私のもとへ荷物が届く予定はなく、怪しく思って侍女たちに開けてもらったところ、中に虫の幼虫が詰め込まれているという。

それが危険なものではないことを確認してもらってから、私も中を覗き込む。

「嫌がらせの証拠になりそうなものを残して、あとは処分してくれる？」

普通の令嬢ならば悲鳴を上げたかもしれないけれど、生憎私はそんなに軟ではなかった。

ミリアム侯爵家の教育方針は、本人が望めばなんでも学ばせる、というものだ。

私は幼い頃に農民の生活を知ろうと、農作業をさせてもらったことがある。畑仕事の最中には、よく蛙や虫を見かけたものだ。だから、こんな幼虫ぐらいで悲鳴を上げたりはしない。

「レナ様、どうしますか？」

カアラが尋ねてくる。

「そうねぇ。この私に嫌がらせをするなんて、心当たりは二人しかいませんもの。証拠をきっちりつかんでから、倍返ししてやりましょう」

私はにこりと笑って答えた。

おそらくベッカ様かリアンカ様の嫌がらせだろう。誰がやったかわからないように工夫されているが、よく調べればなにか証拠が見つかるかもしれない。

ちなみにこういう会話は、後宮に入ってから仕えてくれている侍女たちには聞かれないようにしている。いくら優秀でも、私の味方になってくれるかはわからないからだ。

「そういえばレナ様、陛下直属の部下らしき方と、女官長室の前で話しましたわ」

　カアラがふとそんなことを報告した。

「あら、そうなの？」

「ええ。どうやら私に好意を持ったようなので、上手く利用してやりますわ」

　カアラがなんだか悪い笑みを浮かべて言う。

　こういう話を聞くと、少し教育方法を間違えたかしらと思ってしまう。

　彼女たちは、自分に好意を持って近づいてきた人のことを、利用できるかどうかで判断する。

　どんな時も情に流されず冷静な判断をするようにと教えたからなのだけど、優秀すぎるのも考えものだ。彼女たちが誰かに恋する時は来るのか、ちょっと不安になる。

でもカアラに目を付けるなんて、その殿方は見る目がある。男子禁制の後宮に出入りするのを許されているくらいだから、陛下の信頼が厚い人物でもあるのだろう。

　まぁ、私の大事な侍女たちに手を出すつもりならば、私の許可を取ってからにしなさい、と言いたいけれど。

そんなことを考えていると、侍女たちが口々に話し始めた。

「レナ様、レナ様。私は他の妃の侍女たちと仲良くなったので、情報を聞き出してきますわ！」

「私は隠し通路の入り口を見つけましたの。他にもないか探しますわ。なにかあった時に使えそうですし」

「私も集めてきた情報が色々ありますの。報告しますわね！」

メル、チェリ、フィーノの言葉に、私は思わず微笑む。

「ふふ、頼むわね。私の侍女たちは本当に優秀で頼りになるわ。ところで貴方たちは、好きな人とかいないのかしら？」

いままで聞いたことのなかったことをふと聞いてみた。

私は人の恋愛話を聞くのが好きなのだ。恋する女の子って、見ていて幸せな気持ちになるし、応援したくなる。

「私は男よりレナ様が好きですわ」

チェリは笑顔で即答した。

「私も特別に思っている殿方はいませんわ。ただ子供は欲しいです。いずれレナ様のお子様が生まれた際に、遊び相手にさせていただければと」

カアラは微笑んでそう告げた。

「レナ様、私もカアラと同じですの！　いずれ子供は欲しいですけど、この方の子供を産みたいとまで思える男がいないのですわ。これから気長に探す予定ですの」

メルもにこにこと笑ってそう言う。

「あ、私は好きな人いますよ」

そのフィーノの言葉に、私は驚いた。

「え、誰なのかしら？」

驚いているのは私だけでなく、チェリたちもだった。彼女たちも知らないとなると、フィーノは周りに悟られないように隠していたのだろう。

私の問いかけに、フィーノは少しだけ頬を赤らめてボソボソと答えた。

小さな声で告げられたのは、お兄様の執事の名前だった。

好きな人の名前を口にするフィーノは、それはもう破壊力抜群の可愛さだ。こんな姿を殿方が見たら、ころっとやられてしまうだろう。

「まぁ、彼とならお似合いだわ。頑張ってね」

きっとお兄様はこのことを知らないだろうから、いつもの暗号で手紙を書いて教えてあげよう。そうすればきっと、フィーノの恋が上手くいくよう手を貸してくれるに違いない。

チェリたちは「いつから好きなの？」とか「どこが好きなんですの？」などとフィーノを問い詰めている。その様子を見て、私はくすりと笑った。

彼ならば、私の大切な侍女を預けても大丈夫。そう思い、私はフィーノの恋を素直に応援した。

＊

私――カアラの主であるレナ様は、とても可愛らしい方だ。私はレナ様のために、今日も後宮で情報収集をしている。

レナ様は私と同じ十六歳。

背は百五十五センチ程度で、この国では小柄なほうである。

そんなレナ様の外見は美しくもあり、愛らしくもある。あと数年も経てば絶世の美女と言われるだろうが、いまはまだ幼さが抜けきっていないのだ。

レナ様は人前では侯爵家令嬢としての仮面をかぶっている。

それ故に、レナ様のことを『どこにでもいる令嬢』と評する者も多い。けれど、レナ様は決して普通ではない。とても器用な方なので、本来の自分を隠して普通っぽく振る舞っているだけだ。

普通の令嬢は孤児や貧しい子供を買い取り、侍女として育て上げるなんてことを思いつかないだろう。

私は孤児だった。私以外の他の侍女たちもそうだ。

私たちはレナ様に引き取られ、少々特殊な侍女として育てられた。

レナ様は『裏切らない侍女が欲しいけれど、どこから調達するか』『そうだ、貧しい家の子供や身よりのない子供を引き取れば、その子たちにとってもいいんじゃないか』と考えたらしい。

レナ様が、好きに使える手足として私たちを育てたことはわかっている。

でも、私はレナ様に感謝している。レナ様がいなければ、私はとっくに死んでいただろうから。

それに私たちは、もうすっかりレナ様に心を奪われてしまっている。

だって彼女はとても素晴らしい方なのだ。

普通の令嬢にはできないようなことでも、レナ様はやってみせる。けれど決して天才ではない。

なにを始める時にも、最初は失敗したり理解できなかったりしている。

でも、レナ様は人一倍努力をする方だ。できないならできるようになればいいと言って、いつでも一生懸命なのだ。

ある時は、『自分の身ぐらい自分で守りたい』などと口にして、私たちと一緒に戦い方を学んだ。

『侯爵家令嬢として相応しくありたい』と、貴族令嬢の嗜みも完璧に身につけている。

『農民の暮らしを経験したい』と畑仕事に行ったり、狩猟を行ったり……あげくの果てには農民たち自身も嫌がるような仕事まで、進んでやっていたこともある。

レナ様はいつも、『あの方の役に立ちたい』と言って顔を綻ばせる。そのために様々な知識を身につけ、それを実践できるように努力してきた。

これらの努力は、全て陛下のためのものだ。好きな人のために一生懸命なレナ様は、とっても可愛らしい。

レナ様は、陛下のことを本当に愛している。けれど陛下に愛してもらおうとはしない。

『あの方に幸せになってほしい』

『あの方が私を好きになってくれるなんて思わない。私が一方的に好きなだけだから』

レナ様はいつもそう言っている。

自分がいくら傷ついても構わないから、陛下に幸せになってほしいと願っている。

私たちは、そんなレナ様を守りたい。一生懸命で、優しくて、一途で、可愛らしい主をお守りしたい。心からそう思っている。

見返りはいらないし、利用されてもいい。

私たちがここまで守りたいと思い、幸せになってほしいと願うのは、レナ様だからこそだろう。

そんな風に考えながら後宮の廊下を歩いていたら、突然声をかけられた。

「カアラさん、こんにちは。こんなところで奇遇ですね」

それは陛下直属の文官だった。

「トーウィン様……」

文官らしい落ち着いた服装の、眼鏡をかけた青年。彼はどうやら私に好意を寄せているらしい。

彼は陛下の指示を受けて後宮を管理している。陛下の許可を得て後宮に入ることができる、数少ない男性の一人である。

「お茶でも一緒にどうです？」

「……はぁ、貴方もこりませんわね。これで何度目ですの？」

「やっぱり駄目かな？」

正直なところ、私は彼に欠片も興味がない。けれど、レナ様に幸せになってもらうために利用させてもらおう。

「……仕方ありませんわね。今回だけですわよ」

私はわざとため息をついてから答えた。

彼は素直に喜んでいる。そんな姿を見ても特に心は痛まない。

さぁ、レナ様の役に立つ情報をくださいませ。

＊

相変わらず、私――レナ・ミリアムへの嫌がらせは続いている。

『死』を意味する花が送られてきたり、不吉な言葉の書かれた手紙が送られてきたり……

けれどなんのダメージにもならない。むしろ次はどんな嫌がらせをしてくるのかしらと、楽しんでいるぐらいだ。

何事も楽しめ、というのはお母様の教えである。

嫌だ、楽しくないと思えば思うほど、余計に嫌になってくるものだ。どんどん気分が沈んでいってしまう。

どんな状況でも、自分が楽しもうとすれば楽しめる。楽しくないより楽しいほうが断然いいし、人生、楽しんだもの勝ちだ。

だから、私はこういう状況すら楽しむことにしている。

愛しいあの方が望む妃を正妃にするためにも、こんな嫌がらせ程度でくよくよするわけにはいかない。

それに、いまのところエマーシェル様や他の妃たちは嫌がらせをされていないようだ。その点は私の狙い通りにいっている。

そんなある日の昼下がり。また部屋に不審な荷物が届いた。今日の嫌がらせは、私への罵詈雑言が書かれた大量の紙だ。

「これの片づけ、よろしくお願いしますわ」

荷物の中身を確認してから、チェリとフィーノにそうお願いする。他の二人は情報収集に行ってくれているので、いまはいない。

嫌がらせに動じず、むしろ楽しそうな私に、新しい侍女たちは驚いていた。けれどもチェリたちは「流石、レナ様ですわ」とにこにこしている。

大切な人たちが笑顔だと、どうしようもなく嬉しくなる。彼女たちが笑っていると、なんだか胸が温かくなった。私がちょっとハードな教育をしすぎたせいもあって、将来普通の恋ができるのか不安だけれど、この子たちには幸せになってほしい。心からそう思う。

そして、あの方にも笑っていてほしい。幸せになってほしい。

国を背負うという重圧の中で、必死に国王の仕事をしているあの方のために、私にできることはなんでもしたい。

その思いを胸に、これからも頑張ろうと意気込むのだった。

外に出ている侍女たちが戻るのを待ちながら、陛下への贈り物であるハンカチの刺繍を始め、しばらくそれに熱中していた。

「できたわ」

刺繍が完成した時、思わずそんな言葉が漏れた。

ハンカチを広げてみて、その出来に笑みが零れる。

真っ白なハンカチにベージュの糸で描かれた獅子。細かいところまできちんと縫い付けた、私の自信作だ。大好きな人への贈り物だから、いつも以上に気合いを入れて作った。

刺繍を習い始めた頃は本当に下手で、教師によく怒られていた。けれど、立派な淑女になるために一生懸命練習したおかげで、いまでは得意になったのだ。

努力は自分を裏切らない。努力してもできないことはあるかもしれないけれど、努力したという事実は自分を助けてくれる。

だから私は、努力するのが好きだ。

「凄く素敵ですわ」

「ええ。きっと陛下もお喜びになりますわ」

チェリとフィーノが微笑みながらそう言ってくれる。

人に褒められるのって嬉しい。

昔の私は、あの方のためにと思って努力しながらも、途中で投げ出したくなったこともあった。それでも頑張れたのは、家族や侍女たちが私を支えてくれて、やりとげたら必ず褒めてくれたからだ。

完成した刺繍(ししゅう)は、次に陛下が、その……お渡りになられた時に渡すつもりだ。

初夜を思い出して、顔が熱くなる。

今度陛下がお渡りになった時にも、その……男女の営(いとな)みをするんだと思ったら、なんだかもう恥ずかしくなって、嬉しくなって、顔がニヤけてしまう。

侯爵家令嬢として、もっとポーカーフェイスでいなければ。いくら内心で動揺しようとも、信頼できない人の前では平然としているべきだ。

そんなことを思っていると、情報収集に行っていたカアラたちが帰ってきた。

「レナ様、ディアナ様からお手紙をお預かりしました」

カアラの手には一通の手紙が握られている。ディアナ様という言葉を聞いて、私は即座に気を引き締める。そして手紙を受け取り、すぐに読み始めた。

『明日にでもお会いしませんか』

長々とした社交辞令を省けば、手紙の内容はそれだけだった。

ディアナ様からそんなお返事が来たのは、もしかしたらこの前のお茶会の様子を知って、私に興味を持ったからかもしれない。

陛下がディアナ様のもとに通わない理由はまだ判明していない。

カアラたちに調べさせたところ、どうやらディアナ様が後宮入りする前になにかあったようだ。それを調べるためには、後宮の外に出る必要がある。けれど侍女たちを後宮から出すわけにはいかないから、そこまで詳しく調べられていない。一応この前出した家族への手紙でそのことを尋ねてみたが、まだ返事は届いていない。

事情を探りつつ、ディアナ様と仲良くもなりたい私は、了承の返事を書いた手紙をカアラに託すのだった。

＊

「先日後宮入りしたレナ・ミリアム様は、お茶会でベッカ・ドラニア様とリアンカ・ルーメン様に敵対する意思を見せたとのことです」

執務室でそんな報告を聞いて、俺――アースグラウンド・アストロラはため息をついた。

「……伯爵令嬢の二人だけでも頭が痛いというのに、侯爵令嬢まで参戦するか」

二人が後宮で騒動を起こしているとは聞いていたが、伯爵家の令嬢を証拠もなしに処罰することはできず、いままでこれといった対処ができないでいた。

「そのようです。レナ様はお茶会の席で、ベッカ様とリアンカ様に恥をかかせています」

直属の文官であるトーウィンの言葉に、俺はまたため息をつく。

俺は、若くして王になった。

王位を継いで間もないため、内政の指揮も十分に執れていないし、外交にも気を配らなくてはならない。

父上が上手くやっていたおかげで、いまのところ隣接する二つの国との関係は良好だ。

だが、これからどうなるかはわからない。そのため情報収集は欠かせず、色々とやることがたまっているのだ。

そんな事情から、後宮の管理にまで手が回っていない。もう少し余裕があれば、もっと色々とやりようがあるのだが。

「レナ・ミリアムか。あれも、他の貴族令嬢と変わらない様子だったな。下手に媚を売ってはこなかったが……」

そう言いながら、俺はレナ・ミリアムとの初夜を思い出す。

彼女は、黄金に輝く髪に、美しい顔立ちをしていて、噂通りの美人だった。噂と実物が違うのはよくあることだが、本当に聞いていた通りで驚いたものだ。

だが初夜の時、彼女が妙に冷静だったのを覚えている。澄ました顔でそつない対応をしており、正直よくわからない妃だと思った。

他の令嬢のように媚を売ってくるわけでもなく、俺に興味がないようにも見えた。正妃の座を争うつもりがないのかと思っていたら、伯爵令嬢二人とは対立したというのだから、ますますよくわからない。

「一つ気になっていることがあります。諍いが起こっているにしては、後宮が騒がしくないように思えるのです」

トーウィンがそんなことを言った。

「騒がしくない？」

「おそらく、伯爵令嬢たちはレナ様を攻撃しているでしょう。でも、レナ様に怯えた様子はありません。他の妃たちが争いに巻き込まれている様子もないですし……。レナ様が来たら、いよいよ荒れると思ったのですが、いまのところ騒ぎは起きていません」

トーウィンの言うことはもっともだ。

後宮というものは、必ず荒れる時がある。少し粗相しただけの妃を自殺するまで追いつめたり、自分が正妃になるために他の妃を殺害したり……。そういうことすら起きると聞く。

そして後宮が荒れるのは、正妃に相応しい地位の妃が複数いる時に多い。正妃候補たちが争い合うだけならまだいいものの、たいていは正妃争いに関係のない妃までも巻き込んだ騒動になる。

事情があってディアナが正妃になることはないから、いまのところ正妃の座を争えるのは、伯爵令嬢の二人と、侯爵令嬢のレナ・ミリアムだった。だから彼女が入ってくれば、後宮内での争いが激化すると予想していたのだ。けれど、懸念していたほど荒れていないようだった。

「ディアナが動いているという可能性はないか」

それならば、後宮が騒がしくないのにも納得がいく。けれどトーウィンは、そうは考えていないようだ。

「ディアナ様ですか……。目を配ってくださってはいると思いますが、それとは別に誰かが動いている気がするんですよね」

ディアナはわけあって後宮にいるが、正妃になるつもりはない。その代わりに、後宮の情報を伝えてくれていた。

「どちらにせよ、俺がもう少し動ければいいのだが……」

「……そうですね。いくら王位を継いだばかりとはいえ、ここまで手が回っていないのは問題ですから。もう少し他が落ち着いたら余裕もできるんでしょうけど……」

トーウィンが弱った様子でうつむく。けれど、すぐに気を取り直したように顔を上げた。

「とりあえず、こちらにとってはいいことだと受け入れましょう。誰がそんなことをしているのかは、おいおい調べるということで」

「……まぁ、そうだな」

動いているのは誰なのだろう。俺にはさっぱりわからないが、後宮が荒れないように行動しているというなら、しばらく様子を見ることにしよう。

＊

「ようこそいらっしゃいました、レナ様」

ディアナ様との約束の日。私は信頼する四人の侍女を連れて彼女の部屋を訪れていた。

にこやかに笑うディアナ様は、相変わらず美しい。その銀色の髪も、煌めく赤い瞳も、羨ましくなるほどのスタイルも、全てがディアナ様の美を引き立てている。

もっとも、私も美しくあろうと努力してきた自信はある。あの方に見てもらいたくて、必死に外見を磨いてきたのだ。

自信はないより、あるほうが絶対にいい。もちろん、過信は駄目だけれども。

「ごきげんよう、ディアナ様。本日はお招きいただき、嬉しく思います」

にっこり笑って挨拶する。私はディアナ様と仲良くしたいと思っている。だって彼女は、あの方の幼馴染で、しかも仲が良いのだ。

陛下のお渡りがないディアナ様を他の妃たちは馬鹿にしているようだが、彼女があの方の信頼を得ていることには変わりない。そんなディアナ様に嫌われるなんてことになったら……考えるだけでぞっとする。

「どうぞ、そちらの席におかけになってくださいませ」

ディアナ様の言葉に従って、私は椅子へと腰かける。

すると、ディアナ様付きの侍女が、飲み物とお菓子をテーブルの上に置いてくれた。

「先日のお茶会で、ベッカ様とリアンカ様と衝突なさったと聞きましたわ」

ディアナ様はなんの前置きもせず、単刀直入に言った。

「衝突？　いいえ、違いますわ。ベッカ様とリアンカ様が間違ったことをおっしゃったので、驚いてしまっただけですのよ」

ふふっと笑って、ディアナ様に答える。

ベッカ様たちのプライドは傷ついたかもしれないが、あれは衝突といえるほどの大事ではない。

ディアナ様は困ったように笑って言う。

「まぁ、そうなんですの？　でも、不用意にベッカ様たちを刺激しないほうがよろしいですわ。やりすぎると、痛い目にあってしまいますわよ？」

……ああ、ディアナ様は私を心配してくれている。

私の身を案じて、やんわりと忠告してくれているのだ。

ディアナ様の目には、私が敵を作りすぎてつぶれてしまいそうに見えているのだろう。

彼女は強く気品があって誰よりも貴族らしく、隙のない雰囲気を纏っているけれど、本当は優しい人なのだと思う。

「大丈夫ですわ。私が実家から連れてきた侍女たちは優秀ですの。どんなことからも守ってくれますわ」

「あら、信頼なさっているのはいいことですけれども、所詮は侍女。できることは限られていますわよ？」

ディアナ様が諭すように言う。

彼女とは親密になっておきたいし、私の手の内を少しだけ明かしてもいいかもしれない。

私を心配してくれるような優しい人だ。ならば、私のことを知ってもらえば、味方になってくださるだろう。

「ふふ、心配は無用ですわ。この可愛い侍女たちは、四人共魔力持ちですから」

私は微笑みながらそう告げる。

すると、ディアナ様と彼女の侍女たちが固まった。

「――レナ様の侍女たちが、魔力持ちですって⁉」

ディアナ様が驚いた声を上げる。貴族として完璧な彼女が感情を露わにするのを見て、私は悪戯を成功させたような気分になってしまった。

この世界には魔法がある。それは、限られた人――『魔力持ち』だけが使えるものだ。『魔力持ち』はとても数が少ない。私の育て上げた侍女たちの中でも、『魔力持ち』はこの四人だけだ。いや、教育した侍女たちの中に四人も『魔力持ち』がいたのは、運がよかったと言える。

「ええ。そうですわ。この子たちは魔法を扱うことができますの」

とはいえ、王宮の敷地内で魔力を使えば探知される。だから、やむをえない時以外は、魔力を使わないように指示している。不審な動きを見せて、あの方の手を煩わせたいわけではないからだ。

ディアナ様は焦ったような顔をしているけれど、彼女も『魔力持ち』だと聞いている。ちなみに陛下もだ。

『魔力持ち』は、平民よりも王侯貴族の血筋に生まれやすい。……とはいえ、それでも稀だ。ミリアム侯爵家でも『魔力持ち』はお爺様とお兄様だけで、私に魔力はない。

「……そうなんですの。レナ様は――」

ディアナ様がなにかを言いかけて口を閉じる。私は先を促すように問いかけた。

「なんですの？」

「……レナ様はこの後宮で、なにをなさるおつもりなのですか？」

そう言うディアナ様の目には、私に対する警戒心がありありと浮かんでいた。

……ああ、よかった。

私はその目を見て、ただ嬉しかった。

ディアナ様は、私があの方の害になるようなことを起こすのではないかと、心配しておられるのだ。それは、ディアナ様がこの国のことを考え、あの方を大切に思っている証だ。

ディアナ様がそういう方で本当によかった。

「私は、自分のやりたいことをするだけですわ」

そう。私は私のやりたいように、あの方のために動くだけ。

「安心してくださいませ。私はあの方に……国に害をなすようなことは、絶対にいたしませんわ」

「……レナ様のやりたいこととはなんですの？」

「ある人の力になりたいだけですわ」

私はディアナ様の問いに、ただそれだけを答える。

私の言葉を聞いて、ディアナ様はなにかを考えるそぶりを見せた。

『ある人』というのが陛下だとは、あえて詳しく伝えなかった。だって、この溢れんばかりの思いを口にして、冷静に振る舞える自信がない。恋心に振り回されて冷静ではなくなる姿は、ミリアム侯爵令嬢に相応しくないだろう。

素の自分を見せるのは、心を許した人間にだけ。

ディアナ様のことは嫌いじゃないし、むしろ好きだけれど、まだそこまで信頼できない。

「では、ディアナ様、私はそろそろお暇いたしますわ」

ディアナ様にそれだけ告げて、私は彼女の部屋を後にするのだった。

*

「では、ディアナ様、私はそろそろお暇いたしますわ」

レナ様はそう言って微笑み、私――ディアナ・ゴートエアに背を向ける。

扉の閉まる音と共に、レナ様の姿は完全に見えなくなった。

部屋が静寂に包まれる。誰も、なにも口にしない。動こうともしない。

私は椅子に腰かけたまま、自分が動揺していることに気づいて、なんとも言えない気持ちになった。

私は公爵家の一人娘として、何事にも動じないように育てられたはずだ。

それなのに、私はレナ様と言葉を交わしただけで心の底から動揺させられた。

思えば彼女は、初対面の時から少し不思議な雰囲気を纏っていた。

自分の知識を披露しつつ、当たり障りのない笑みを浮かべている普通の令嬢。そう見えたのに、なにかが他の妃とは違った。

なんと言えばいいのだろうか……レナ様には、私を馬鹿にした雰囲気や悪意がなかったように思う。

私が後宮にいるのは、ちょっとした私情が理由だ。あることに悩んでいた私に、その解決策として後宮に入ったらどうかと、陛下――アースが提案してくれたのだ。

そんな勝手な事情で、私はここにいる。けれど周りからすれば、私は『陛下に相手にされない女』。他の妃たちに馬鹿にされるのも、仕方がないことだ。

だというのにレナ様は、私に好意があるようにも見えた。

アースはレナ様のことを、『どこにでもいる令嬢』なんて言っていたけれど、それは違う気がする。

――どこにでもいる令嬢の皮をかぶったなにか。

そういう形容のほうがしっくりくると思う。

「……ディアナ様、レナ・ミリアム様の言葉は本心だと思いますか？」

最初に口を開いたのは、私がもっとも信頼している侍女だった。そんな彼女の言葉を受けて、私は少し考えた。

先ほど、レナ様が言ったことを思い返してみる。

『私は、自分のやりたいことをするだけですわ』

彼女はそう言って穏やかに微笑んでいた。

『安心してくださいませ。私はあの方に……国に害をなすようなことは、絶対にいたしませんわ』

続けられた言葉と表情には、誰かに対する愛情が見え隠れしていた。

レナ様が口にした『あの方』。それは誰のことだろうか。

『ある人の力になりたいだけですわ』

最後にこうも言っていた。

レナ様が、大切な『誰か』のために後宮にいることはわかる。その『誰か』は、おそらくこの国の中枢にいる人物なのだろう。

そして、その大切な『誰か』のために、レナ様は行動を起こそうとしている。

まだ成人したばかりだというのに、自分のなすべきことをもうすっかり決めてしまっているように見えた。

　考えがまとまると、侍女の質問に答える。

「……私は本心だと思うわ。軽率に信頼すべきでないのは百も承知だけれど、レナ様の言葉に嘘があるようには思えなかったもの」

　公爵令嬢として、人を見る目は培ってきたつもりだ。子供の頃から、貴族社会で様々な人を見てきた。

　そんな私の目から見ても、レナ様は嘘をついているようには見えなかった。

「……でも一応、レナ様について詳しく調べたほうがいい気はするわ」

　私の心は、『レナ様は嘘を言っていない』と告げている。けれども、まったく警戒しないのは愚か者のすることだ。

　私には利用価値がある。王家に連なる公爵家の令嬢で、国王陛下の幼馴染。そして『魔力持ち』であることも、様々な思惑を持った人間を引き寄せてきた。

「はい。では、レナ・ミリアム様をお調べします」

　私の言葉に、侍女はそう答えた。

　それにうなずきながら、レナ様の言う『あの方』とは誰なのだろうと思考を巡らすのであった。

＊

「レナ様、今夜陛下がお越しになるようですわ」

先ほど、カアラがそう知らせてくれた。

ディアナ様にお会いしてから、数日が経過している。

二度目のお渡りに備えて侍女たちに身なりを整えてもらいながら、私はあることを考えていた。

先日ディアナ様とお茶をしてから、彼女は私のことを警戒しているようなのだ。あれからずっと、彼女の侍女が私を監視している。

だからといって、それをどうにかしようとは思わない。だって私は疾しいことはなにもしていない。ただ、あの方のために行動しているだけだ。

だから、監視したいならすればいい。それにディアナ様に、私がどんな人間かをわかってもらえるのは嬉しいことだ。

「それにしても、流石ディアナ様の侍女ね。なかなか優秀だわ」

ここ数日の彼女の動きを見て、私はそう感想を述べる。

「いえ、まだ詰めが甘いでしょう」

カアラはそう言って不敵に微笑んだ。

公爵家の侍女に対してそんなことを言えるだけでも相当なものである。でも当たり前といえば当たり前だ。そうなるように、私が育てたのだから。

そんなことを話しながら、侍女たちに体を綺麗にしてもらい、薄い夜着を身に着ける。

こんなに早く、二度目のお渡りがあるなんて思っていなかった。

もちろん、陛下が私を気に入ったとか、そういうことではないとわかっている。あくまで私が侯爵令嬢だからだ。

もし私が男爵令嬢だったら、陛下はこんなに早く来てくださらなかっただろう。

そう、結局は実家の力なのだ。

私が侯爵令嬢でなければ、離れていく人は沢山いると思う。いや、きっと大多数が離れていく。

実家の力ではなく、自分の力で人との関係が築けることなど、ほとんどない。

そうしているうちに、準備が整った。ちょうどその時、部屋の扉がノックされた。

「陛下がいらっしゃいました」

侍女たちがそう告げて、部屋から出ていく。

入れ替わりに入ってきた陛下の姿に、また見惚れてしまう。

陛下は国王の義務として私のもとへ通っている。それは百も承知だ。

彼が私のことをなんとも思っていないことも、きちんとわかっている。

けれど、陛下が私のもとへやってきてくれたというだけで、天にも昇るような幸せな気持ちになる。たとえ義務だと思われていても、愛しい方に触れてもらえる——これ以上に幸せなことなど、きっとない。

「ようこそおいでくださいました」

「ああ」

陛下は最低限の言葉しか口にしない。それどころか、私を見てもいない。陛下が見ているのは、数いる妃のうちの一人だ。

それでも、私は幸せだった。

陛下が近くにいる。私に触れてくれる。私に向かって声を発している。それだけで、私は幸福を感じていた。

気を抜いたら溢れんばかりの幸せな気持ちを、言葉にしてしまいたくなる。でも、いまそれをするわけにはいかない。

ただの妃の一人でしかない相手に、こんな心情を打ち明けられても、迷惑に思うだけだろう。

だからせめて、思いを込めて刺繍したハンカチを渡そうと思った。

「陛下、こちらは私が刺繍を施したハンカチですわ。どうか受け取ってくださいませ」

「……」

先日ようやくでき上がったハンカチを差し出すと、陛下はぶっきらぼうにだけれど、それを受け取ってくださった。

表向きは貴族令嬢としての笑みを浮かべながらも、内心では嬉しくて仕方がない。

陛下と過ごす二度目の夜。やはり会話はほとんどなく、ただ行為がなされるだけだった。

けれど、私は幸福だった。


目が覚めると、陛下はもういなかった。

あの方は役目を果たしただけなのだ。私のもとに通うのも、私を抱くのも、全て国王としての務めにすぎない。

「……でも、それでも嬉しい」

思わず零れたのは本音だ。誰もいないのをいいことに、私は頬を緩ませた。

陛下が私自身を見ていないことぐらい、わかっている。

それでも、陛下の妃としてここにいられることは幸せだと、陛下に抱かれるたびに実感する。

私は現状で十分満足だった。

陛下の二度目のお渡りがあってからも、未婚の貴族令嬢たちが次々と後宮へ送り込まれている。新しく入ってきた妃たちに身分の低い貴族が多いのは、後宮に入る準備に時間がかかるためだ。

妃の実家は、ドレスや身の回りのものなど、自分たちで用意できる最上のものを娘に持たせて送り出す。財力のある貴族は勅令が下ってすぐにそういったものを用意できるが、身分の低い貴族は同じようにはいかない。

そうした家の娘たちは時間をかけて準備し、『陛下のお眼鏡にかなえば……』という実家の期待を一身に背負って後宮にやってくるのだ。

やがて下級貴族の妃も揃った頃、最後の妃が入ってくる。

その方は、なんと私と同じ侯爵令嬢だった。

アマリリス・レギオン様。

彼女はレギオン侯爵家の長女だ。後宮に入った妃の中で、私と同等以上の身分なのは、ディアナ様とアマリリス様だけということになる。

アマリリス様は私よりも一つ年下で、集められた妃の中でも若いほうだった。

社交パーティーにも出席しない、変わり者のひきこもり令嬢として有名だ。そのせいか、侍女たちに情報を集めてもらったけれど、詳しい人物像はわからなかった。

そんな方が後宮入りするということで、私は楽しみにしていたのだ。

「アマリリス・レギオンです。よろしくお願いしますわ」

アマリリス様は後宮入りした後、すぐに挨拶にやってきた。

その第一印象は、美しく、けれど不思議な雰囲気を持った方、という感じだった。

髪は深紅で、瞳は青く、とても美しい人だ。

それに礼儀作法がきちんとしていて、好感が持てる。

なぜいままで社交の場に出てこなかったのか不思議だ。どうしてひきこもり令嬢だったのだろうと、ますます興味がわいてきた。

「よろしくお願いいたしますわ。アマリリス様」

私はそう言って頭を下げた。

それからしばらく、お茶を飲みながら雑談を交わす。

その間、私はアマリリス様のことを観察していた。

こんなに遅く後宮入りしたことを考えると、アマリリス様は後宮に入るつもりはなかったのではないかと思う。

妃たちは勅令で集められるため、命令を受けた令嬢たちは後宮に入らざるを得ない。けれど抜け道のようなものがあって、婚約を発表したり結婚したりすれば、妃になるための条件から外れるので、後宮に入らなくてもよくなるのだ。

アマリリス様は侯爵令嬢だから、後宮入りする準備に時間がかかるとも考えにくい。となると、わざと先延ばしにしていたのではないかと思ったのだ。その間に、後宮入りを避けるための婚約者探しでもしていたのかもしれない。

実際にこうして話してみても、後宮での社交や正妃の座を争うことに、乗り気なようには見えなかった。

私は陛下のことを愛しているから、妃に選ばれて嬉しい。けれど、王命に逆らえず、嫌々入ってくる方もいるのだろう。

そんなことを考えながら、当たり障りのない話をする。けれど……なんだか違和感があった。

アマリリス様は私の問いかけに口ごもることが多く、その後困ったように笑うのだ。

その笑みは貴族の令嬢らしい笑みなのだけれど、作った感じがしない。困らせてごめんなさいと謝りたくなってしまう、罪悪感を抱かせる笑みだった。

質問に答えず笑みだけを返すのは、無礼なことだ。でも、アマリリス様の笑みはなんだか憎めず、気に障ることもなかった。

「まぁ、アマリリス様も本を読むのがお好きなのですね」

「ええ、とっても好きですの」

「私はティーンの小説が好きですわ」

以前ディアナ様も好きだと言っていた、恋愛小説家の名前を口にする。それを聞いて、アマリリス様はまた困ったような笑みを浮かべた。

「そうなんですか……。どのお話が好きなのですか？」

おそるおそるアマリリス様が尋ねてくる。

「『扉の中の世界』が一番好きですわ」

「まぁ、嬉しいですわ」

アマリリス様の顔がぱっと明るくなった。

「アマリリス様も好きなのですか？」

その質問に彼女は目を泳がせて、歯切れの悪い答え方をする。

「あ、え、ええ。そうなんですわ」

なぜここで動揺するのかわからないけれど、癒やし系……？　そんな感じの方だと思った。

同じ癒やし系でも、エマーシェル様のような純朴な感じとは違う。アマリリス様は、貴族の令嬢としての礼儀や作法はしっかりしているけれども、無垢な雰囲気があって……可愛い。

たびたび口ごもることを考えると、人と会話するのが苦手なのかもしれない。それは貴族の令嬢としてはプラスに働かないだろう。だから人を避けるようになったのだろうか。

けれどアマリリス様は、困ったように笑っているだけで味方を作れそうだ。なんだかんだで、社交界で上手くやっていけるタイプだと思う。

どうしてひきこもり令嬢だったのか、直接聞いてみようかとも考えた。でも、初対面でいきなりそんな質問をすることはできず、結局ちょっとした雑談程度でアマリリス様との面会は終わった。

第三章

私が後宮に入って数週間が経ち、パーティーが行われることになった。アマリリス様が後宮に入ったことで妃が全員揃ったからだ。

私は自分の部屋でベッドに横になりながら、パーティーの招待状を眺めていた。

このパーティーの一番の目的は、陛下と妃の交流にある。

妃たちにとっては自分をアピールする絶好の機会。そして陛下にとっては妃たちの公の場での立ち居振る舞いを見て、正妃に相応しいかどうか見定める場になる。

パーティーでは陛下の動向を観察したい。あの方がどの妃を気に入っていらっしゃるのか、きちんと見極めなければ。

陛下にだって、女性の好みがあるはずだ。

ディアナ様以外の妃とは一度は夜を共に——いや、そうではない。アマリリス様は後宮入りした初日のお渡りの際に、具合が悪いとのことで陛下を部屋に通さなかったらしい。彼女の侍女たちが揃いも揃って『アマリリス様は具合が悪いのです』と言い張ったそうだ。

体調不良というのは嘘で、お渡りを断る言い訳にすぎないと思う。やっぱり、アマリリス様は後宮入りを望んでいなかったのだろう。

結局その夜、陛下はそのまま帰ったみたいだ。あの方は、妃たちと関係を持つことを義務だと思っているようだから、拒否されても特に気にしていないだろう。

ともあれ、陛下はディアナ様とアマリリス様以外の妃とは関係を持っている。容姿が好みだったとか、情事の際の反応が好みだったとか、少なからず思っていることがあるはずだ。

だからこのパーティーで、陛下が誰に関心を持っていらっしゃるのか把握したい。それがわかれば、陛下とその方が上手くいくように、こそこそと動き回れるのだから。

陛下は一体誰を好んでいらっしゃるのだろうか？

妃の数は多くなったものの、正妃に選んでも文句を言われないのは伯爵家以上の令嬢だ。ディアナ様、アマリリス様、ベッカ様、リアンカ様、そして私が実質的な正妃候補というわけである。

とはいえディアナ様にはなにか事情があるようだし、私の目的は正妃の座ではなく陛下の幸せ。

そう考えると、正妃候補はアマリリス様、ベッカ様、リアンカ様の三人だ。けれど、アマリリス様は陛下のお渡りを拒んだようだし、ベッカ様やリアンカ様が正妃になるのは……少し嫌かもしれない。陛下が望まれるのであれば別だけれど。

もしも陛下が伯爵家より下の身分の妃を愛されたのならば、その方が正妃になれるように……それが無理だったとしても、絶対に側妃にはなれるようにしてみせる。

暗殺などの危険からも、全力で守り抜いてみせる。たとえこの命に代えてでも。

それ以外にパーティーですべきことは……正妃の座をあきらめている妃たちを味方につけることかしら。

数の力というのは大きいものだ。味方は多いに越したことはない。侍女たちだけでは調べられないこともあるし、言い方は悪いかもしれないが手駒が欲しい。

私は名案だと思って顔を綻ばせた。

あの方が幸せになるための手助けができるなんて、なんという幸福だろう。やっぱり、後宮に入ってよかったと思う。

「レナ様、レナ様、可愛らしい顔になっていますね！」

いつの間にか部屋に入ってきていたメルに突然話しかけられて、はっと我に返る。

「あ、あら？」

「幸せをかみしめたような、愛らしい顔でしたわ！」

そんなことを言われて、私は思わず照れた。

気を引き締めようとは思っているけれど、侍女たちの前ではそれが崩れてしまう。

特にいまの私は幸せでたまらないから、気を抜くとだらしない顔になって困る。

ああ、自分が陛下のために行動できると考えただけで、口元が緩(ゆる)みそうになるなんて、私は重症だ。

「レナ様、パーティーのお召し物を準備いたしましょう。早速、服飾職人を手配いたしますね」

カアラはそう言って微笑んでいる。そんな言葉に、侍女たちの目が輝いた。

彼女たちは、私を着飾るのが好きらしい。いつも驚くぐらい私に似合うドレスを用意してくれるから、全て任せているのだ。

彼女たちは早速わいわい話し合っている。

「侯爵令嬢に相応(ふさわ)しい、美しいものにしなきゃ」

「レナ様の愛らしさが際立つようなものにしなければなりませんわ」

「陛下の心を射止めるぐらい素敵なものにするべきよ」

「そうですわ。レナ様の魅力が引き立つよう、一番似合うものを選んでみせますわ！」

侍女たちの楽しそうな様子を見ながら、私は思わず微笑むのだった。

パーティーは、一週間後だ。


「レナ様、素敵です」

「流石です、レナ様」

「誰よりも綺麗ですよ」

パーティーの日。私は部屋で、きっちり身支度を済ませていた。

カアラたちが称賛の言葉をくれて、私はほっとする。彼女たちは嘘をつかないから、本当に私を美しく仕上げてくれたのだろう。

侯爵令嬢に相応しくあれるよう、化粧を施し、髪を結い、ドレスを身に纏った。

パーティーなどに出る時は、誰よりも美しくあれるように努力しなさいと、昔からお母様が言っていた。美しいことは一つの武器だから、と。

私も公の場に出る時は、常にそれを心がけている。

それに、あの方には完璧な私を見せたい。

「よかった。いつもありがとう、皆」

そう言って微笑むと、侍女たちも笑ってくれる。

さぁ、パーティーのはじまりだ。

私は侍女たちを引き連れて、パーティー会場へと向かう。会場は王宮の敷地内にあるが、後宮からは出たところにある。

このパーティーには、妃たちの家族も参加できる。

後宮は陛下の許可がない限り、外から人が入ってくることができず、それは家族も例外ではない。だからこうした機会に妃たちが家族と会えるよう配慮されているそうだ。

ミリアム侯爵家からは、お父様とお母様が来ることになっている。私は久しぶりに両親に会えることが嬉しかった。

でも家族とパーティーを楽しむだけでは駄目だ。私には、あの方がどの妃を気に入っているのか調べるという目標がある。

こんな時のために、私は努力し続けたのだ。折角(せっかく)後宮に入れたのだから、頑張らなければ。

「よし、このパーティーで、陛下の意中の妃が誰なのか突き止めるわ」

そう意気込んでいると、メルがため息をついて言った。

「……レナ様。レナ様は可愛いんですから、ご自分で陛下の寵愛(ちょうあい)を受けようとしてもいいと思うんですが」

「あら。陛下が私なんかを愛してくださるとは思えないわ。これだけ沢山の妃がいらっしゃるのよ？　そんな夢みたいな展開ありえないわ」

私がそう答えると、カアラたちに「仕方ないですね」みたいな顔をされてしまった。

そんなことを話しているうちに、パーティー会場に到着する。私は侍女たちに別れを告げて、会場の中へと足を踏み入れた。

時間に余裕を持って部屋を出たつもりだったけれど、中は沢山の人で溢れていた。

私はパーティー会場を軽く見回す。

高い天井にはいくつかのシャンデリアが下げられ、広々とした会場には、給仕の侍女たちがいたるところに配置されている。

家族と会っているからか、妃たちは皆、一様に笑みを浮かべている。

両親を探していると、人混みの中にお兄様――ウルク・ミリアムを見つけた。どうしてここにいるのだろうと思いながら駆け寄る。

「ごきげんよう、お兄様」

私が声をかけると、お兄様はこちらを見て笑った。それは貴族としての、作った笑みだ。

お兄様は、銀色の髪を持つ美しい人だ。社交界でも令嬢たちに騒がれている。

ミリアム侯爵家の後継者で、私以上に厳しく教育されてきたから、こういう公の場での振る舞いは凄い。

貴族として責任感があり、ミリアム侯爵家の後継者に相応しい実力も備えたお兄様は、私の自慢の兄なのだ。

「レナ、久しぶりだね」

「ええ。お久しぶりですわ。お兄様」

ミリアム侯爵家の人間として、私もそつのない笑みを浮かべる。

「お兄様、お父様とお母様はどちらに？」

「領地で少しトラブルがあって、来られなくなってしまったんだ。だから代わりに私が来たんだよ」

「トラブル？　大丈夫なんですの？」

私は驚いて聞き返す。

お父様とお母様が対応しなければならないようなトラブルとなると、かなり深刻なのではないだろうか。

「問題ないよ。もうほとんど解決しているし、念のため領地に残っただけだから」

お兄様はそう笑って言った。それなら大丈夫だろう。

「それよりレナのほうはどうだ？」

「ふふ、これからですわよ」

私がなにを考えているかわかっている様子のお兄様は、「そうか、頑張れよ」とだけ告げる。

そんな風に話していると、パーティー会場がざわつき始めた。

陛下が現れたのだ。

盛装の陛下は酷く美しかった。

最高級の絹で仕立てられているであろう赤い豪華なマントをはおり、胸元にきらびやかな装飾があしらわれた礼服を身に着けている。

王としての風格が漂っており、力強い瞳は、周りを射抜くかのようだった。

そんな姿を見ただけで胸が熱くなる。

自分でも単純なのはわかっている。けれども、愛する人の格好いい姿を見て、そうならない女なんていないだろう。

陛下は会場の端にある王族の席まで来ると、声を張り上げる。

「では、これよりパーティーを始める」

私はその声を一音だって漏らさないように聞いていた。

「レナ」

陛下に見惚れていた私に、お兄様が声をかけてくる。私の気持ちを知っているお兄様は、少し呆れた笑みを零していた。

「陛下に挨拶に行くよ」

「はい。お兄様」

お兄様の言葉に、私は気を引き締めてうなずく。

陛下の周りには同じように挨拶をしに来た人がいて、少し順番を待たないといけなかった。

ちょっと離れた位置から見る陛下も格好いい。見ているだけで幸せだ。こんな馬鹿みたいに単純な気持ちをあの方に知られたら、引かれるだろうか。

「……レナ、親しい人にしかわからないだろうが、頬が緩んでる」

お兄様が私の耳元でぼそっとつぶやいた。

「……だって、陛下を見ていると幸せなんですもの」

私は頬が緩むのを我慢して、『完璧な妃』の仮面をかぶりなおす。

いけない、いけない。陛下を見ていると幸せすぎて、気を抜いてしまいそうになる。ここにお兄様と私しかいなかったら、頭がどうかしたんじゃないかと思われるくらい、にこにこしてしまうだろう。

「レナは相変わらず可愛いね」

お兄様はそんなことを言って、周りに気づかれないように小さく笑った。

そうして久しぶりに兄妹で会話しているうちに、ようやく私たちの番が来て、陛下に挨拶することができた。

二人で陛下の前に進み出て頭を下げる。お兄様が先に口を開いた。

「陛下、本日はお招きいただき光栄に思います。妹共々楽しませていただきます」

「陛下、ごきげんよう。本日はこのような場を設けてくださり、ありがとうございます」

「ウルク・ミリアムとレナ・ミリアムか。楽しんでいくといい」

そんな一言だけの挨拶。

でも、たった一言でも陛下に声をかけてもらい、私のことを見てもらえたことが、嬉しくて仕方がなかった。

一礼してすぐに陛下から離れる。

自分が単純すぎて怖い。陛下の顔を見たり、声を聞いたりするだけで幸せだなんて、私は重症だと思う。そんな幸せな気持ちに浸っていたけれど、いまいる場所を思い出し、はっと我に返った。

いけない。私にはこのパーティーで、陛下が気に入っている妃を把握するという目的があるのだ。

あの方はどういう女性が好みなのかしら？　見た目重視？　それとも性格重視？　あの方のそういう噂を聞いたことがないから、よくわからない。

陛下は愛する人にどんな表情を向けるのだろう。私が見たこともない、優しい笑みを浮かべるのだろうか。

私に向けられなくていいから、その笑顔を見てみたい。どんな風だったか、人伝てに聞けるだけでもいい。

「レナの可愛さがわからないとは……まったく、陛下も見る目がない」

なにが気に食わないのか、お兄様がむっとした声で言った。

「あの方を侮辱するようなら、お兄様でも許しませんよ」

「ああ……ごめんよ、レナ」

二人でこそこそとそんな会話を交わす。話しているのは私的な内容だけれども、表情は『侯爵家次期当主』と『侯爵令嬢』としてのものだ。会話を聞かなければ、さぞ真面目な話をしているように見えるだろう。

その後、私はお兄様と別れて様々な人たちと話した。

できるだけ多くの人を味方につけたいと思い、身分の低い妃たちにも話しかけてみた。けれど、私は彼女たちに恐れられているのだろうか？　なぜか怯えられて、まともに話してもらえなかった。

お茶会でリアンカ様とベッカ様に対して強気な態度をとったせいかもしれない。誰だって揉め事に巻き込まれたくはないだろう。

私としては、情報交換ができるように、なるべく仲良くしたいのに。

そんな中、豪商の一人娘であるサンカイア様だけは態度が違った。

「ごきげんよう、レナ様」

サンカイア様は大人っぽい女性である。茶色の髪を、肩の少し下まで伸ばしており、背は私よりもやや高い。

「ごきげんよう、サンカイア様。サンカイア様のご家族は来ていらっしゃらないのかしら？」

パーティーが始まってからずっと、サンカイア様の近くにそれらしき人が見当たらなかったので、そう尋ねてみる。

「いえ、おりますわ。あちらで商談をしていますのよ」

「まぁ、そうなのですか」

そんな他愛のない会話を交わした後、サンカイア様は去っていった。

サンカイア様は貴族ではない。だというのに、彼女は貴族としての礼儀作法をきちんと身につけていた。

そして彼女は、私の目をまっすぐ見て話した。その意志の強そうな瞳は嫌いじゃない。けれどその目は、なんというか……正妃になりたいというよりも、別の目的に燃えているかのようにギラギラして見えた。少し調べてみてもいいかもしれない。

そうやって妃たちとお話ししながら、私は陛下の動向を注意して見ていた。

すると突然、ガチャンとガラスが割れるような音が響く。

誰がそんな音を立てたのかと思って振り返ると——エマーシェル様が青い顔をして立っていた。

どうやらグラスを落としたらしい。しかも飲み物を人にかけてしまったようで、その相手は——ディアナ様だった。

「ご、ごめんなさい」

エマーシェル様は泣き出しそうな顔をして、怯(おび)えた声で謝罪する。けれど貴族社会は、それでどうにかなる世界ではない。

折角(せっかく)お茶会でエマーシェル様にいじめの矛先(ほこさき)が向かないようにしたのに、また目を付けられそうなことをやらないでほしい。

「大丈夫ですわ」

ディアナ様は動じず、にっこりと微笑んだ。

「あああ、本当にごめんなさい。私、手が滑ってしまって……」

「一度謝っていただけたので、もう謝罪は結構ですわ」

「で、でも……あああ、ドレスが汚れています。ごめんなさい。本当にごめんなさい」

……ディアナ様がもういいと言っているのだから、大人しく引き下がるのが正解だ。

本当に詫びたいなら、後日改めて謝罪に行くとか、贈り物をするとか……どちらにしても、この場で事を大きくしないほうがいい。

それに喋れば喋るほど、エマーシェル様が貴族としての教育をちゃんと受けていないことが露呈している。このような場での振る舞いに自信がないのなら、なるべく目立たないようにするのが一番だと思うのだけれど……

ディアナ様も少し困っているようだ。だが彼女が話を切り上げようとしても、エマーシェル様はそれを察することなく、謝罪を続けている。これではエマーシェル様はますます悪目立ちしてしまうし、この場の空気も悪くなってしまう。

そう思った私は行動に出た。

「ディアナ様、これで濡れたところをお拭きになってくださいませ。もしかしたら、お着替えなさったほうがいいかもしれませんけど……」

注目を浴びている二人に近づき、ディアナ様にハンカチを差し出す。こう言えば、ディアナ様はこの場を離れやすいだろう。

「そうですね。ありがとうございます、レナ様」

ディアナ様はハンカチを受け取って笑った。私の言葉の意味を察してか、助かったという風に息を吐いてから再び口を開く。

「皆様、お騒がせして申し訳ありません。一旦、失礼させていただきますわ」

「あ、あの……」

立ち去ろうとするディアナ様に、エマーシェル様はまだなにか言おうとする。

悪気はないんだろうけれど、折角ディアナ様がこの場の空気を変えようとしている時に、それはよくない。

ディアナ様も「まだなにか？」とでもいうような表情を浮かべた。もちろん、一瞬だけだ。多分、近くにいた私以外は気づいていない。

「エマーシェル様、そんなにディアナ様に謝罪なさりたいなら、貴方もご一緒したらどうです？」

いっそのこと、エマーシェル様もこの場を離れてしまったほうがいいだろう。エマーシェル様はいまにも泣き出しそうな顔をしていて、一旦どこかで落ち着いてきたほうがいいように見える。

「……そうですわね。エマーシェル様も一緒に行きましょうか」

ディアナ様も私と同じようなことを思ったのか、そう声をかけた。

すると、エマーシェル様はこくんとうなずいて、そのままディアナ様の後ろをひょこひょことついていく。

ディアナ様とエマーシェル様が退出した後も少しざわざわしていたけれど、パーティーは滞りなく続けられた。

……一応、場は収まったけれど、結局エマーシェル様は悪目立ちしてしまったわね。公の場であのような態度を見せてしまうのはまずい。少なくとも『貴族の令嬢』としては。

利用し、利用されるのが貴族というもの。利害の一致なしに関係を結べることなんて、ほとんどない世界だ。そんな世界で、関わっても利がないと周囲に思われたら、孤立してしまう。

「レナ、さっきの娘は？」

騒ぎを見ていたのか、お兄様が私に近づいてきた。

「妃の一人で、男爵令嬢のエマーシェル様ですわ。貴族にしてはおっとりしている方で、時々ああいうミスをなさるのよ」

お兄様に向かってこそこそと話す。

「それは……大変そうだな」

「少しね。エマーシェル様は嘘をつけない性格で、思っていることがすぐ顔に出るようなので、後宮で暮らすには向いていないと思うのですけれど……。まぁ、多少はフォローできますから、これ以上目立つことをなさらなければ問題ないかと」

「……まだなにか起こしそうだったがな」

お兄様は貴族としての自覚に欠ける方が好きではない。その声からして、エマーシェル様をよく思ってないのがわかった。

「そうですわね。でも、たとえなにかが起きたとしても、私がやることは変わりませんわ」

私がすべきことは、あの方に迷惑がかからないようにすることだ。政務で忙しいあの方が、後宮のことで悩まないように。

そう思いながら、陛下に視線を向ける。

陛下はディアナ様のご両親と話していた。

陛下はディアナ様に手を出していないわけだけれど、ディアナ様のご両親との間に険悪な様子はない。普通は、どうして娘のもとに通わないのかと、文句の一つでも言いたくなるはずだ。ゴートエア公爵家ならば、陛下にそれくらいのことは言えるだろう。

陛下がディアナ様のもとへ通わない理由はなんなのかしら。

大切な幼馴染（おさななじみ）だから、手を出したくないのだろうか？　でもそれなら、ディアナ様の部屋に行くだけ行って、実際はなにもしなければいいわけで……

あら、ちょっと待って。部屋にも行かないということは……陛下はもしかして『体の関係を持った』と思われたくないのかしら。

一度でも部屋に行ったら、たとえ情事がなかったとしても、あったものと見なされるだろう。逆に、部屋にさえ行かなければ、絶対に手を出していないということになる。ディアナ様になにも文句がなさそうなところを見るに、もしかしたら彼女から頼んだことなのかもしれない。

そう考えたほうが自然だ。ディアナ様のご両親に不満げな様子がないことに関しても、これで辻褄（つじつま）が合う。

それにしても、陛下は妃に興味がないのかしら？

出席者たちとの挨拶（あいさつ）を済ませてから、陛下はずっとディアナ様のご両親と話している。

妃に話しかけることも、誰かを目で追っているようなこともない。

陛下がゴートエア公爵と離れてくださらない限り、妃たちから話しかけるわけにはいかない。ベッカ様とリアンカ様でさえ近づけないでいた。

ああ、私も陛下にもっと近づきたい。そういう思いでいっぱいなのだけれど、陛下の好みを探るため、遠目に見るだけで我慢する。

陛下の好みはどういう女性なのだろう？　後宮に集められた妃の中に、好みの女性はいないのかしら？

このパーティーに招待されている皆様と交流しながらも、私はずっと陛下を見ていた。あの方がどんな妃に興味を惹(ひ)かれているのか、是非とも知りたい。

それだけじゃない。あの方の行動全てを見逃したくなかった。

愛してる――なんて言葉じゃ足りない。好きなところを挙げろと言われたら、いくらでも挙げられる自信がある。こんな重い気持ちを陛下に知られたら、引かれてしまいそうだ。

ただ見つめるだけで本当に幸福だった。こんな気持ちにさせてくれるあの方には、愛する人と結婚してほしいと思う。だから、陛下が本当に望む方を、正妃にする手助けがしたい。

パーティーの間、私はあの方を観察し続けた。けれど、国王としての仮面をかぶった陛下の本心は、私にはわからなかった。

結局、あの方に意中の相手がいるのかどころか、女性の好みすらも把握できずにパーティーは終わる。

ディアナ様とエマーシェル様はどちらも戻ってこなかった。

第四章

「……レナ様、少し予想外な情報を手に入れたのですが」

カアラが苦い顔でそんなことを告げたのは、パーティーが終わって一週間ほどが経過した日のことだった。

いつものように部屋で侍女たちからの調査報告を聞こうとしたら、彼女たちが凄く不服そうな表情をしていることに気づく。

そんなにふてくされて、可愛い顔が台無しよ？

「どうかしたの？　まずいことかしら？　もしかしてなにか企んでいる貴族の情報でもつかんだ？」

「いえ……そういう物騒な話ではありません」

「では、なんですの？」

「……陛下が、エマーシェル様に関心を持っておられるようです。いままで夜にしか後宮に現れなかった陛下が、何度か昼にも来ているそうで、どうやらエマーシェル様のところに行っておられるようなのです」

「あら」

私はカアラの言葉に目を見開く。

「まだ他の妃の方々には知られていませんが、確かな情報です」

驚いた。エマーシェル様は貴族の令嬢としてはあまりにもおっとりしている方だ。そんな方を、陛下が気に入るとは思わなかった。

あの方の好みは、貴族らしくない、少し抜けたところのある方なのだろうか。いままで彼の周りにいなかったタイプだから、興味を持っているだけかもしれないけれど……

単なる気まぐれか、それとも恋なのか。

どちらかはわからないけれども、あの方がエマーシェル様に関心を持ったのは確からしい。これではエマーシェル様は、後宮でますます目を付けられてしまう。

リアンカ様とベッカ様がこのことを知れば、必ず排除しようとするだろう。自分が暗殺される可能性なんて欠片も考えていないであろうエマーシェル様は、なんの備えもしていないだろうから、最悪の場合には死んでしまう。

私たち貴族は、陰謀の渦巻く社会で生きている。エマーシェル様が、そんなこととは無縁でいられたのは、政治の中核を担う家に生まれなかったからだ。

　権力があれば、それだけ危険にさらされる。そのことを自覚している者は、身を守るための努力を欠かさない。

　リアンカ様とベッカ様も、そういう術はばっちり身につけている。そしておそらく、人を攻撃する術も……。

「エマーシェル様を守らなくてはならないわね」

「レナ様……。レナ様は人のことばかり気にしすぎです。もっとご自身が幸せになろうとするべきですわ！」

　メルがそう訴えてくる。

「あら、私はいまがとっても幸せよ？　あの方の妃としてこの場にいられるなんて、幸せ以外のなにものでもないわ」

　メルは不思議なことを言う。あの方のために行動できることを幸せと言わずに、なにを幸せというのだろう。

　そう思っていたら、カアラも口を開く。

「レナ様の可愛らしい素の姿を、少しは陛下にもお見せすればいいかと思います」

「嫌よ。私は自分の無様な姿を陛下に見せたくないわ」

あの方の前で粗相するだなんて、そんなの絶対に嫌だ。幻滅されてしまったら、私はもう、どうしたらいいかわからない。

「それよりも、エマーシェル様が暗殺されないようにしなければ。リアンカ様とベッカ様を見張って、それから……」

私がやるべきことは三つ。

陛下がエマーシェル様を、どんな意味で気に入っているのか調べること。

リアンカ様とベッカ様の動向を見張ること。

エマーシェル様が危険な目にあわないように護衛すること。

それらを侍女たちに伝えると、チェリが難しい顔をして言った。

「やることが多いですわね」

「そうね。しっかり働いてもらうわよ？　お願いね」

私がそう言うと、侍女たちはすぐにうなずいた。

「はい、レナ様のためなら喜んで」

「ふふ、ありがとう」

私の侍女たちは本当に優秀で頼りになる。

いま言ったことは彼女たちに任せるとして、私がすべきなのは人脈を広げることかしら。

結局パーティーでは、他の妃たちはあまり私と交流してくれなかった。となると、なにか別の手立てを考えるべきだろう。

ディアナ様とも、もっと仲良くなりたいのだけれど……上手くいくかしら？　サンカイア様のことも気になる。

そんな風に色々考えていると、ディアナ様の侍女が部屋にやってきた。なんと、ディアナ様が私と話したいと言っているらしい。私は渡りに船とばかりに、その申し出を受け入れた。


「本日はお招きありがとうございます」

そうして私はディアナ様の部屋へやってきた。優雅に微笑んでいるディアナ様に向かって頭を下げる。

簡単な挨拶（あいさつ）を終えると、私はディアナ様の向かいに用意された椅子（いす）に腰かける。

相変わらずディアナ様は美しい。その完成された美しさには、何度見ても惚れ惚れ（ほぼれ）してしまう。

「レナ様、先日のパーティーでは助かりましたわ。そのお礼をしようと思ってお呼びしたのです。本当にありがとうございました」

なんの用だろうと思っていたら、そんなことを言われた。

なんて義理堅い人なんだろう。

私はただ自分がやりたいことをやっただけだ。それにディアナ様やエマーシェル様のことを思ってしたわけでもない。

「お礼はいりませんわ。私がしたいようにしただけですから」

「でも、助かりましたの。あの方……なかなか困った方でしたから」

ディアナ様はそう言って、苦笑いした。

「……あの後、なにかあったのですか？」

ドレスを着替えていたとはいえ、それから会場に戻ってくることもできたはずだ。あの出来事が起きたのは、パーティーが始まって割とすぐだから、時間はたっぷり残っていた。

「なにかあったと言うほどではありませんわ。……ただ、あの方がずっと泣いていらして」

ディアナ様は困ったような表情を浮かべた。

「泣いていた？」

「ええ。そうですわ……パーティー会場を出てからずっと。私が控室で着替えを終えてパーティー会場に戻ろうとしたら、彼女も一緒に行くと言ったのですけれども、泣いたままだったので……」

その言葉に、なんとも言えない気持ちになった。

それではディアナ様が困るのも仕方がないと思う。泣いているエマーシェル様をパーティー会場に連れて戻るのはまずい。

エマーシェル様には、そんな状態で戻っても迷惑だということがわからないのだろうか。

「それでディアナ様たちは戻っていらっしゃらなかったのですね。……ところで、どうして私にそんな話を？」

「エマーシェル様のことを、陛下が気に入られたのです。レナ様はもうご存知なのでしょう？」

ディアナ様がそう尋ねてきた。私が答えるのを待たず、さらに話を続ける。

「……私が会場に戻らなかったので、パーティーの後に陛下が控室にいらしたのです。そこでエマーシェル様としばらく話しておられましたわ。よっぽど気に入られたのでしょうね」

「そうなのですか……。それで、ディアナ様、そんな話を私にする理由はなんですの？」

「レナ様は、パーティーでエマーシェル様が悪目立ちしないように配慮していらしたでしょう？　お茶会のことも聞きましたわ。そこでも彼女を庇ってらしたそうね。それを聞いて思ったのです。レナ様は、この後宮が荒れないように行動していらっしゃるのでは？」

――ああ、やっぱりこの人は侮れない。

心からそう思った。

ベッカ様とリアンカ様は、陛下のお渡りがないからといってディアナ様を馬鹿にしているようだけど、とんでもない。

私の意図を、ディアナ様は簡単に突き止めてしまった。

「少し、レナ様と二人で話がしたいわ。席を外してもらっていいかしら？」

ディアナ様はそう言って侍女たちに目配せする。

その言葉に、私の侍女たちは警戒したような目をした。けれどディアナ様が私に害をなす理由はないから、私は「大丈夫よ」と笑ってみせる。

ディアナ様の侍女と私の侍女が全員部屋から出ていくと、ディアナ様は私の目をまっすぐ見て言う。

「正直に申しますと、私はレナ様の侍女が全員魔力持ちだと知って、警戒しました。それから侍女を使ってレナ様を観察していたのですが、私に対して嘘をついていらっしゃらないことはわかりました」

「私がディアナ様に嘘をつく理由などありませんもの」

「……私は、レナ様の目的を知りたいと思っていますわ。でも、ただでは教えてくださらないのでしょう？」

魔力持ちの侍女を引き連れており、問題を起こすかもしれない。なにか明確な目的があるようだけれど、いまは後宮の平穏を保とうとしている。

ディアナ様から見た私はそんな感じだろう。

「だから、まず私の秘密をレナ様に話そうと思うのです。そうすれば、レナ様も私に話す気になってくださるかもしれないでしょう？」

にこやかにそう言われて、私は思わず反応した。

「その秘密というのは、陛下がディアナ様のところに通われない理由に関係があるのでしょうか？」

私が聞くと、ディアナ様はうなずいた。

私が思いつく限り、ディアナ様が内緒にしていることといえばそれくらいだった。

陛下のお渡りがない——それだけがディアナ様の汚点だ。その理由が人に知られて構わないものなら、とっくに明らかにされているだろう。そのほうが彼女の名誉を傷つけないですむ。

「つまり交換条件ですの？」

「ええ。私にとってはあまり知られたくないことですもの。私がそれを話しますから、レナ様の目的を……簡単にでもいいから教えていただきたいの」

なにかを得るためにはなにかを犠牲にしなければいけない。なんの犠牲もなしに手に入るものなんてない。

ディアナ様は自らの情報を差し出すことで、私の目的を聞き出そうとしている。

私は考えた結果、こう答えた。

「わかりましたわ。……絶対に他の人には言わないと約束してくださるのなら、その交換条件を呑みましょう」

するとディアナ様は、ほっとしたように息をついた。

「ではまず、私と陛下——アースの関係について。レナ様にとっては予想通りのことかと思いますけれど……私たちはただの幼馴染で、お互いに恋愛感情などありませんわ」

ディアナ様は最初にそう宣言した。

「ええ。それは……なんとなくそう思っていましたわ」

「――アースが私に手を出さないのは、私の気持ちを知っているからなのです」

「ディアナ様の気持ち？」

「ええ。私にはお慕いしている方がいるのです」

私はそれを聞いて驚いた。ディアナ様が恋をしているなんて、予想していなかったのだ。

でも、それが理由で陛下はディアナ様に手を出さなかったのだとすると、ますます疑問が深まる。

「陛下がそのお気持ちをご存知だったなら、どうしてディアナ様に勅令が下ったのですか？」

ディアナ様は、その方と婚約しているわけではないようだから、妃の条件には当てはまる。けれど、勅令を出すのは陛下だ。ディアナ様を後宮に入れておいて通わないくらいなら、最初から入れなければいい。

「私が後宮に入ったのは、本当にお恥ずかしいことですが……個人的な事情によるものです」

ディアナ様はそう言った。

でも、それを聞いてもよくわからない。

「私とアースの幼馴染である、キラ・フィードを知っていますか？」

「……フィード侯爵家のご子息ですわね。騎士団長の一人息子の」

フィード侯爵家は代々騎士の家系で、現当主は騎士団の団長を務めている。その息子であるキラ様は、陛下やディアナ様とも親しいと聞く。確か私よりも二つ上で、十八歳のはずだ。

「……私は、キラの気持ちを確かめたいと思っていました。けれど彼はなかなか素直にならなくて、やきもきしていましたの。アースはそれを知っていて、私に後宮に入ることを提案してくれましたわ。私が後宮に入ったら、キラがなにか反応するのではないかと……」

「それって……ディアナ様はキラ様のことが好きで、彼の反応を見たくて後宮入りしたということですか？」

「……まぁ、そういうことですわね。完全に我儘（わがまま）ですわ。ただ、キラがどうするか知りたくて……。もっとも……私がアースの妃になってしばらく経っても、キラはなにも言ってこないんですけれど……」

ため息混じりに言うと、ディアナ様は私のほうを見る。

「これが私の秘密ですわ。レナ様はこれを探っていたのでしょう？」

ディアナ様はそう言って笑う。

私がディアナ様のことを探っていると感づいていたようだ。本当に侮れないなと思う。ディアナ様の告げたことは真実だろう。わざわざこんな嘘をつくメリットはない。実際、この話が後宮に広まれば、ディアナ様の評価は確実に下がるだろう。

貴族というものは、私情を優先させてはならないのだ。上に立つ者が好き勝手に行動すれば、下の者たちに与える悪影響は計り知れない。

ディアナ様がそのことをわかっていないわけがない。

それでも、キラ様の気持ちが知りたいと思っているのだろう。

恋に一生懸命な姿にドキドキしてしまった。

「——レナ様、貴方のことも話してくださいますか？」

ディアナ様にそう問いかけられて、私は静かに口を開いた。

＊

「ディアナ様。私には、以前お話ししたように、力になりたい方がいます。そしてその方は、私の愛している方でもあります」

レナ様はまず、そう告げた。その言葉は、どこまでも深い愛情を感じさせるほど重かった。

私はそれに驚く。十六歳にして、そこまで愛しい人がいるのかと。

レナ様は、アースの妃の一人だ。けれどアースに好意を寄せているとは思えなかった。

なぜなら、彼女はアースに好かれようとはしていない。むしろそっけないくらいだ。

ならば、別に好いている方がいるのだろうか……

そう思って、レナ様を見る。

レナ様は美しい方だ。それに頭もまわる。

見目がよく、有能だということは、貴族の伴侶として必要なものを持っているということだ。好いている人がいるならば、勅令が来た後にでも婚約してしまえばよかったのに。レナ様ほどの方との結婚を、望まない貴族などいないだろう。

「レナ様の好きな方とは誰ですか？」

「……陛下ですわ」

私の問いかけに、レナ様は顔を赤くして横を向く。それは、先ほどまでの大人びた様子が嘘のように、年相応の姿だった。

「え？」

私はレナ様の答えに驚く。あれだけ興味がなさそうな態度を示しておきながら、アースのことが好きだというのだろうか？

「本当に？」

　思わずそう問いかけてしまった。

　レナ様はまっすぐに私を見て言う。

「本当ですわ。嘘なんて一欠片もありません。私は……あの方が好きです。愛しています。私がこの場所で行っていることは、全て陛下のためです」

　ならばどうしてレナ様は、アースにそっけない態度をとるのだろう。彼女はアースの妃の一人としてこの後宮にいるのだから、彼を好きなことを隠す必要はない。

　だんだん頭の中がこんがらがってくる。

「レナ様、いくつかお聞きしたいことがありますの。ゴートエア公爵家の名にかけて、アースにも、他の誰にも言わないことを誓います。ですから、正直に答えていただきたいのです」

　私はそう前置きをして問いかける。

「レナ様がアースを好いているというのなら、どうして彼にそっけない態度をとるのです？　正妃になろうとは思わないのですか？　レナ様はミリアム侯爵家の長女で、正妃になるのに十分な身分ですのに」

レナ様はあっさり答えた。

「私が陛下に望まれるだなんて、そんな幻想ははなから抱いていません。私は陛下のために集められた、大勢の妃の一人にすぎませんもの」

「正妃の地位を望まないというの？　アースのことが好きなのに？」

「はい。正妃になれたら……あの方の妻になれたら、幸せだと思いますわ。確かにディアナ様のおっしゃるように、私の身分ならば正妃にもなれるでしょう。でも私は、あの方を愛しているからこそ、本当に好きな人と結ばれてほしい。王族である以上、それは難しいかもしれないですけれど、そう願っているんですの」

レナ様は一息に言った。まっすぐに私の目を見て、偽り(いつわ)など一切感じさせない口調で。

それが真実だと伝わってくるからこそ、驚いた。

だってレナ様は、私より四つも年下の少女だ。

その割に芯がしっかりしている。いや、なんというか……達観しすぎていた。

もっと夢を見てもいいだろうに、アースに好かれる可能性を考えていない。

「レナ様は……後宮でなにをしていらっしゃるの？」

「なにって、あの方が好いた方を正妃にするために動いているのです。もちろん、それまで後宮が荒れないように気を配ってもいますわ。後宮で事件なんて起きたら、陛下のお仕事が増えて大変ですもの」

レナ様はさらっと言ったが、そんな単純なことで……恋愛感情が理由で、あんな行動をしているとは思っていなかった。勘ぐってしまった私が馬鹿みたいだ。

「エマーシェル様のことはどうなさりたいの？」

「陛下と結ばれるよう、手助けさせていただきたいですわ。本当に陛下がエマーシェル様を愛しているならですが……」

「でも、男爵令嬢ですわよ？」

「陛下が望むなら、私の持てる全ての力を行使して、エマーシェル様を正妃にするように働きかけますわ」

レナ様はどこまでもアースのために尽くすという。

アースのことがそれほどまでに好きなのだろう。

こんなにも深い愛情を、レナ様が持っているとは思っていなかった。

「レナ様は、それで幸せなのですか？」

「ええ。あの方が幸せであることが、私の幸せですもの。それに、後宮に入ることができて、あの方に声をかけてもらえて、抱いてもらえて……私はもう十分、幸福ですわ」

そう言って笑ったレナ様は、それはもう可愛らしかった。

いままで見せていた、したたかで、あまり感情を表に出さない貴族の令嬢の仮面をはずせば、こんなに愛らしい人なのかと驚いた。

貴族の令嬢としてのレナ様は静かに笑う人で、あまり人間味を感じさせない。どんな時でも落ち着いた表情を崩すことなく、綺麗で完璧で、とっつきにくい雰囲気を纏っている。

けれど本当のレナ様は、好きな人のことを幸せそうに語る、可愛い人だった。レナ様の素はこちらなのだろう。アースが大好きで、大好きで、たまらなくて、思わず応援したくなるような一途な人だ。

そんな風に思っていると、レナ様は急に狼狽え始めた。

先ほどまではアースに対する思いを堂々と語っていたのに、どうしたのだろう。なんだかこちらも慌ててしまう。

「レ、レナ様？」

「わ、私ったら勢いであの方への思いを……」

言ってから恥ずかしくなったらしい。

なに、この可愛い生き物……

同性なのにキュンとしてしまった。だってこの姿を見てほしい。

　顔を真っ赤にしてぷるぷると体を震わせ、恥ずかしがっているのだ。

　アースとは後宮の内部の情報を伝えるために連絡を取り合っているのだが、後宮にいる妃についてアースに聞いた時、レナ様を『どこにでもいるようなつまらない令嬢』などと言っていた。けれど、なんて見る目がないのかしら……

　もっとも、いままでレナ様の本心に欠片（かけら）も気づいていなかった私が言えることではないけれど……

「レナ様。お約束した通り、アースにも誰にもレナ様の秘密は言いませんわ。だから安心してくださいませ」

　正直、言いたい。というか、いますぐばらしたい。けれど、レナ様との約束を破りたくない。

　この方からの信頼を裏切りたくはない。

「え、ええ。もちろんですわ。陛下に知られたら、私は……恥ずかしくて死んでしまいますわ」

　顔を真っ赤にしてそんなことを言うレナ様は、どこからどう見ても恋する乙女だった。

　本当に可愛い。この方に幸せになってほしいと思う。そういうなにかが、レナ様にはある。

貴族社会ではありえないほど純粋で、まっすぐで、好きな人のために一生懸命だから
かもしれない。

好きな人が幸せになりますように——

それだけを、心から望んでいる。

そんな風に純粋でありながら、彼女は侯爵令嬢として、きちんとしている。

世間知らずな、夢見る少女ではない。現実を知りながらも、まっすぐで純粋なのだ。

「ねぇ、レナ様」

「なんですの？」

どうにか立ち直ったらしいレナ様は、いつもの貴族の令嬢としての仮面をかぶって
いた。

「私もアースの幼馴染（おさななじみ）として、彼には幸せになってほしいですわ。だから、貴方に協力
したいと思いますの」

アースに幸せになってほしいというのは本心だ。

でも、協力したいと願い出たのは、レナ様の力になりたいと思ってしまったからである。

アースのためというよりも、レナ様のため、という思いのほうが強かった。

「本当ですの？　それは心強いですわ」

「ふふ、これからよろしくお願いしますね」

——レナ様の素の姿を、どうにかしてアースに見せられないかしら。

私がそんなことを考えているなんて、レナ様は思ってもいないだろう。なんにせよ、これから楽しくなりそうだ。

＊

「レナ様、ディアナ様とはどのような話をされたのですか？　そうやって枕に顔を押しつけている時点で想像はできますが……」

「レナ様、大丈夫ですか？」

心配と呆れが混じったような声で、カアラとチェリが言う。

けれど、私はそれどころじゃない。

ディアナ様と別れてから、自分の部屋に戻ってきた私は、枕に顔を埋めて身悶えていた。

後宮から加わった三人の侍女には、別の仕事を言いつけて部屋から出てもらっている。

部屋にはチェリとカアラしかいない。

本当は、彼女たちの前でももっと堂々としていたいと思うけれど、頭の中が恥ずかしさでいっぱいで、そんな余裕はなかった。

ディアナ様は信頼の証として、彼女の秘密を教えてくださった。そんな風に真摯に向き合われて、偽りを述べるなんて私にはできない。今後のことを考えても、嘘をつくなんてことは選択肢になかった。

ディアナ様にされた質問に、私は一つひとつ丁寧に答えた。それは陛下への思いを疑われたくないという気持ちと、ディアナ様に信頼してほしいという気持ちがあったからだ。

……でも、だからといって。

「あ、あんなこと言っちゃうなんて」

陛下の幼馴染であるディアナ様に、勢い余ってあの方への有り余る思いを伝えてしまったのだ。話しているうちに大好きでたまらない気持ちが胸いっぱいに広がって、一度口に出すと止まらなくなった。

勢いで言ってからそのことに気づいて、一気に顔が熱くなった。いま思い出しても恥ずかしくて、なんてことを言ってしまったんだろうと身悶える。

ディアナ様の前で、取り乱してしまった。いくら恥ずかしくても貴族の令嬢として、あんなに取り乱すのは駄目だ。

『陛下を愛している』と、何回言ってしまったのだろうか。

『幸せになってもらいたい』なんて言って、ディアナ様におこがましい娘だと思われていたらどうしよう。陛下の幼馴染(おさななじみ)であり、尊敬している美しい人に、そんな風に思われるのは嫌だ。

で、でも、『協力したい』って言ってくれたから大丈夫よね。

「レナ様は、ディアナ様とは上手く付き合っていけそうですか？」

「え、ええ！　それは大丈夫なはずよ。協力するって言ってくださったもの」

チェリに聞かれて、そう答える。すると今度はカアラが口を開(ひら)いた。

「ディアナ様の前で、取り乱したのですか？」

「……ちょ、ちょっとだけよ」

「そうですか」

私の答えを聞いて、カアラはなぜかにこにこしている。

「あ、レナ様。そろそろ他の侍女たちも戻ってくると思いますので、しゃっきりなさったほうがよろしいかと」

まだ悶(もだ)えていたら、カアラにそんなことを言われた。それを聞いてはっとする。

私は慌てて起き上がり、居住まいを正した。

すると、侍女の一人が戻ってきた。

「レナ様、お待たせしました。ウルク・ミリアム様からのお手紙でございます」

彼女に持ってきてもらったのは、お兄様からの手紙だ。

それを受け取って、早速読み始める。

手紙には、侯爵家のことや近隣諸国の状況などが書いてある。もちろん、この手紙も暗号で書かれているから、カアラたち以外には当たり障りのない文章にしか見えない。

手紙の最後には、サンカイア様について書かれていた。パーティーでのギラギラした目が気になったから、お兄様に調べてもらっていたのだ。

手紙には、サンカイア様は商売範囲を広げたいのではないかと書かれていた。

豪商の娘である彼女は、後宮で商売をするつもりなのではないかというのだ。

それはありえると思った。彼女の目がギラギラしていたことにも、説明がつく気がする。

一度、サンカイア様とゆっくりお話ししてみようかしら。

そんなことを思って手紙をたたむ。

そこで、ふと気になったことをカアラに聞いた。

「そういえば、カアラ。トーウィン様とはどうなっているの？」

陛下直属の文官であるトーウィン様は、確かカアラに熱を上げているという話だった。

もっとも、カアラは彼を情報収集の道具としか思っていないようだが……

少しはトーウィン様に情を抱いてくれないかな、と期待している。だけどそれは難しいのかしら？

「どうもなにも、変わりませんわ。ただ陛下についての情報を聞き出しているだけです。流石に機密事項は話してくれなくて。けれど、それ以外のことについては結構話してくれますわ」

「そうなの……」

私が残念そうに言うと、それを別の意味にとったのか、カアラが肩を落として言った。

「はい。あまりレナ様のためになるような情報を手に入れられず、申し訳ないですわ」

「いいえ、カアラ。謝る必要はないわ。そうやって情報を集めてくれるだけで助かっているもの。いつもありがとうね、カアラ」

私がお礼を言うと、カアラは少し照れたように笑みを浮かべた。

カアラは、見た目はとても可愛い子だ。私よりも背が低くてちまっとしていて、目もくりくりしている。とても笑顔が似合う容姿なのに、たいてい無表情だ。

そんなカアラが笑うと、普段とのギャップがあってとても可愛い。

こんなに可愛い子が、異性にモテないなんておかしい。だからトーウィン様がカアラに好意を持つのは仕方がないことだ。

「カアラは恋とかしたくないの？」

そう尋ねると、照れていたカアラの顔が、一瞬にしていつも通りの無表情に変わる。

「特に興味はありません。恋が悪いものとは言わないです。けれど、私に必要なものとは思っておりません」

淡々と告げられた言葉に、なんとも言えない気持ちになってしまう。

カアラは、行きすぎなぐらい私に忠誠心を持ってくれていて、結婚するのも子供を持つのも、私のためみたいに思っている。

それは嬉しいけれども、私はカアラたちが大好きだからこそ、彼女たちにも幸せになってほしい。

それと同時に、いつも冷静なカアラが恋をしたら可愛いんじゃないかと思って、正直に言うと取り乱したカアラを見てみたい。

カアラが特に恋というものを必要としていないこともわかる。

けれど、恋をするのはとっても素敵なことだと私は思う。人を愛しいと思う幸せは他のなににも代えがたいもので……だから、カアラに恋してほしい。

そうは思っても本人にそのつもりがないようなので、これ以上話を続ける気はなかった。

　そこで私は、私とカアラの話を黙って聞いていたチェリのほうを向く。

「エマーシェル様はどんな様子かしら？」

「たびたびある陛下からの接触に、酷く戸惑っておられる様子でした」

「それもそうね……。下級貴族の妃たちは、正妃になることをあきらめている方ばかりだもの」

　エマーシェル様も、陛下から頻繁に接触されれば戸惑うだろう。

　陛下がどうして自分のもとを訪れるのか、理由がわからないのかもしれない。

「……陛下は、初日以外は昼に通われているのよね？」

「いまのところは、昼だけです。……ただ、陛下はエマーシェル様を本当に気に入っていらっしゃるようですから、そのうち夜も通うようになるのではないかと……」

　陛下はエマーシェル様を気にかけているものの、夜は通っていないようだった。侍女たちの報告を聞く限り、昼に訪れていても、男女の営みはしていないらしい。

　けれど、陛下が特定の妃を求めて後宮に通っている、なんて噂が出回るだけでも、エマーシェル様が危ない。一応、侍女の一人にエマーシェル様を護衛させてはいるけれど、いずれ危険にさらされるだろう。

ただ、陛下が昼間に通っているということもあって、現状はほとんど噂になっていないようだ。

妃たちは、夜のお渡りには敏感だけれど、一日中陛下の動向を気にしているわけではない。

そもそも王宮から後宮へ続く通路はいくつもあり、陛下はそのどれかを通ってこっそりやってくるので、彼の動向を把握することはほぼ不可能だ。ただ、お渡りがあったことを妃自身が吹聴するので、それで周囲に伝わる。

エマーシェル様は自分から言いふらしたりはしないだろうし、いまのところ他の妃たちは気づいていない。

とはいえ昼間は人目につきやすいし、気づかれるのも時間の問題だ。

「もし他の妃たちが、陛下が昼間に後宮に通っていることに気づき始めたら、その時は私のもとに通っていると噂を流すことにしましょう」

そういう風に情報操作をするのは、割と簡単だ。陛下が後宮に来たタイミングで、私のもとに訪れたと言いふらせばいい。陛下が訪れたことを自慢する愚かな女を演じるだけだ。

また、その話をさりげなく広めるように、侍女たちに指示すればいい。

名案だと思って口にしたら、チェリとカアラに「そこまでする必要は――」と言われてしまった。

「後宮は危険だもの。寵愛を受けている妃ともなれば、もっと危険だわ。私はあの方のお気に入りであるエマーシェル様を、危険な目になどあわせたくないわ。だからこそ、私が的になるの。標的が私になれば、あとはどうにでもできるわ」

私はエマーシェル様と違って、か弱くもないし、無知でもない。危険と隣り合わせの貴族社会で、ずっと生きてきたのだ。

「異論は聞かないわ。私はそうするって決めたの。チェリたちの仕事が増えてしまうけれど、お願い、力を貸してね」

そう言って笑うと、チェリとカアラは仕方がないなぁという顔をして、うなずいてくれたのだった。

＊

俺――アースグラウンドは執務室で一人、エマーシェル・ブランシュのことを思い出していた。

彼女は、後宮に似つかわしくない令嬢だった。貴族らしくなく、正妃になりたいと媚びてくるわけでもない。

……そもそも、最初は貴族令嬢としてどうなのかと思うほど、礼儀がなっていないと感じた。彼女が後宮に入った日の夜、部屋に行ったら泣いていたのだ。

どうやら俺に抱かれるのが嫌だったらしい。

そこまで拒絶されているのに手を出すわけにもいかず、とりあえず彼女をなだめて夜を明かした。

後宮に入っていながら王の手がつかないのは、妃たちにとって不名誉なことだ。だから、どの妃のもとにも最初の夜だけは通うことにしている。

また、高位の令嬢は実家が政治的権力を握っているためないがしろにできず、それ以降も時折顔を出していた。

俺の後宮での仕事は夜だけだと思っていたから、昼間に訪ねたことはない。

それなのに、俺がなぜエマーシェル・ブランシュのもとへ通っているかといえば……

あのパーティーの時に話してみて、興味を持ったからである。

『──ディアナ様、本当に、本当にすみません！』

俺がディアナの様子を見に行った時、エマーシェル・ブランシュは、涙を流しながら謝り続けていた。化粧が崩れているのにも気づかず、ディアナがなだめてもずっと泣いていたのだ。

それを見て、この令嬢は後宮でやっていけるのだろうかと心配になった。

そんな貴族らしくない少女が後宮に入っていると思うと、なんとも言えない気持ちになり、涙を拭くようにとハンカチを差し出した。

そして慰めの言葉を口にすると、途端にころっと表情が明るくなった。

それから彼女と話をした。貴族らしくない彼女と話していると、なんだか気が抜けて……日々の政務に追われていっぱいいっぱいだった俺は安らぐことができた。

そうして俺は、時々エマーシェル・ブランシュのところへ行くようになった。

ただ、このことを他の妃たちに知られれば、少なくともあの伯爵令嬢の二人は彼女を排除しようとするだろう。そのため、俺の動きが悟られないように、側近や後宮の警備兵たちに細工をさせている。

するとなぜか、俺がレナ・ミリアムのもとへ通っているという噂が出回り始めた。その噂は不自然ではない程度の早さで、後宮全体に広がっていった。

それと共に、レナ・ミリアムが執拗な嫌がらせにあっているという話が入ってくる。

ただし、彼女はその全てを上手くかわしているらしい。

レナ・ミリアムの目的がわからない。侯爵令嬢という、正妃として不足のない身分である以上、正妃の座を狙っているようにも思える。

でも、エマーシェル・ブランシュを守っているようにも感じられた。

ディアナにも接触しているようだし、なにを考えているんだ？

もしかしたら伯爵令嬢二人を追い出してから、エマーシェル・ブランシュをいじめようと考えているのだろうか。

もし正妃の座には興味がなかったとしても、この国にとって不利益になることを企んでいる可能性はある。

レナ・ミリアムを見ていると、妙に不愉快な気持ちになるのだ。

トーウィンは「レナ様は悪い方ではないと思うんですけど」と言っていたが、だからといって簡単に信じるわけにはいかない。

こちらから探りにかかろうか。なにを企んでいるのか、それを白状させるために。

＊

お兄様からの手紙を受け取ってから、私は豪商の娘であるサンカイア様に手紙を出した。

今度ゆっくり話しませんかと問う手紙に対し、彼女は快く承諾してくれた。

そしてサンカイア様との約束の日。

私は自分の部屋でお茶の用意を整え、彼女を待っていた。

ちなみに、いまこの場にいる侍女はチェリとフィーノだけだ。カアラたちには別の仕事を頼んでいる。

サンカイア様は後宮に入れるほどの身分ではあるものの、貴族よりも位は低い。

貴族でない彼女は、後宮の中でどうしても目立つ。けれど目を付けられることがないのは、サンカイア様が上手く立ちまわっているからだろう。

そういうことができている時点で、サンカイア様はそれなりの修羅場を潜ってきたのだと想像できる。

彼女が本当に商売目的で後宮にいるのならば、正妃の座に興味はないはずだ。ならば、エマーシェル様を守るための手助けをしてくれるかもしれない。少しそんな期待をしている。

念のため、私はサンカイア様のご実家の弱味を握っている。だから強制的に従わせることもできるのだけれど、そういうことはあまり好きではないからしたくない。それに無理に従わせれば、いつ裏切られてもおかしくない。あまりいい方法とはいえないだろう。

そんな風に考えていたら、約束の時間通りにサンカイア様がやってきた。

「本日はお招きいただいて光栄ですわ」

サンカイア様は、そう言って頭を下げる。

「突然お呼びたてして申し訳ありません。サンカイア様と少しお話ししたいことがありましたの」

「構いませんわ。私もレナ様と話したいことがありましたもの」

そう口にしたサンカイア様は、なぜか目をキラキラさせていた。

私と話したいこととはなんなのかしら？　パーティーで話さなかったということは、二人っきりでないと言えないようなことかしら？

「そうなんですの？　では、サンカイア様から話してくださって構いませんわ」

私の話は、その後にしても支障はない。

むしろ話を聞いて、サンカイア様のことを少しでも知れたらいいと思う。

どういう性格か理解しておいたほうが、お願いごともしやすい。

「いいんですか？」

「ええ、どうぞ」

私がそう告げると、サンカイア様はさらに目を輝かせ、勢い込んで言った。

「あ、あの、レナ様を着飾らせてもらいたいのです！」

「え？」

思わず聞き返してしまった私に、サンカイア様は続ける。

「私は、レナ様を一目見た時から、着飾らせたくて仕方がなかったのです。私は美しい人を見つけたら、その人にもっとも似合う衣装を考える趣味があるのですが……レナ様はもう、私の好みドンピシャでしたの。それで、その……レナ様に似合う服を沢山スケッチしてありますのよ。普段はこの人にはこういうのを着せたいって妄想するだけなんですけれど、レナ様には是非、実際に着ていただきたいと思って……」

目をキラキラと輝かせたサンカイア様に、私は思わずたじろいだ。予想外すぎて、どう反応を返せばいいかわからない。

サンカイア様が、私の後ろに控えていた侍女たちに声をかけた。

「貴方たちも見てくださいな。ほら、レナ様に似合うと思いません？」

自分の考えた衣装を誰かに見せたくて仕方がないのか、サンカイア様がスケッチブックを開いて言った。

「はい、見せていただきます」

チェリがうなずいてスケッチブックを受け取る。

フィーノもチェリと一緒にそれを覗き込んだ。

「まぁ、これは……」

「確かにレナ様に似合いそうですわ」

チェリたちがそう言うと、サンカイア様は嬉しそうにパッと顔を明るくした。

「ですよね！　うちの商会で作らせようと思っているんですけれど、でき上がったら是非レナ様に着てほしいのですわ」

すると、チェリとフィーノが楽しそうにうなずいた。

「素晴らしいですわ。これはサンカイア様が描かれたのですわよね？」

「ええ。レナ様をイメージしていたら、どんどんアイデアが出てきてしまって。早くレナ様がこれを着た姿を見たくて見たくて……だから、レナ様からお誘いがあって嬉しかったですわ」

チェリとフィーノがサンカイア様と一緒に、にこにこ笑っている。なんだか置いてけぼりにされているようで、少しさびしくなった。

「……サンカイア様、貴方のお話は服を着てほしいということだけですか？」

かろうじて言えたことは、それだけだった。

「はい。是非レナ様に着てほしくて……」

「別に試着するのは構いませんわ。チェリたちが絶賛しているくらいですから、変なものではないでしょうし」

「本当ですか！　嬉しいです」

喜ぶサンカイア様に向かって、私は問いかける。

「交換条件として、私からもお願いがあります。それでもよろしいですか？」

着せ替え人形になるだけで、サンカイア様を味方につけることができるというのなら安いものだ。

「お願いですか？　なんですの？」

「できれば二人きりでお話ししたいのですが、いいでしょうか？」

そう言って、サンカイア様の侍女たちをちらりと見る。

チェリたちは私が命令すればすぐに部屋を出ていくだろうけれど、サンカイア様の侍女たちには主(あるじ)を守る義務がある。彼女たちは少し警戒したような目でこちらを見ていた。

「いいですわ。ほら、貴方たち。部屋から出ていきなさい」

サンカイア様がそう言うと、彼女の侍女たちはチェリたちと一緒に大人しく出ていった。

「それで、お願いとはなんでしょうか？」

にっこりと笑うサンカイア様は、堂々としている。

「私は――」

そして、私はサンカイア様に向かってお願いごとを告げた。

＊

「サンカイア様。私は、この後宮でやりたいことがあるのです」

レナ様がそう口にするのを聞いて、正直早まったかなと思った。

後宮でやりたいことなんて、物騒なことしか思い浮かばない。話なんか聞かずにさっさと帰るべきだっただろうかと思案する。

だけど、もう手遅れ。

話を聞いてしまった時点で、共犯者も同じだ。

私は後宮に入ってから、他の妃たちをずっと観察していた。

誰がどういう性格で、どういうものを好むか。そういう情報は商人の娘である私にとって大切なものだった。

そもそも私は、この後宮でコネを作りたいと思っている。商品を売るためのコネだ。

だから、陛下の関心が誰に向いているかとか、そんなことは正直どうでもいい。

特に興味も関心もない陛下と夜の営みをしなきゃならなかったけれど、まぁ、王様とそういうことができたのはいい経験だったと受け入れている。

そんな私から見たレナ様は、決して馬鹿ではないものの、よくわからない人だった。

お茶会でエマーシェル様を庇うような真似をしたり、嫌がらせをされても堂々としていたり……正妃の座を狙っているのかどうかもわからない人だった。

観察していても、全然思考が読めなかったけれど、彼女が後宮の事情に精通していることはなんとなくわかった。

彼女はいまのところ、まだなんの行動も起こしていない。でも、伯爵令嬢であるベッカ様やリアンカ様は、ためらいもせずに邪魔な妃を排除しようとしている。

レナ様のお願いがそれだったらどうしようかと思う。

「陛下がエマーシェル・ブランシュ様を気に入っているということを、貴方はご存知ですか？」

レナ様の問いかけに、嫌な予感がして、耳をふさぎたくなった。

だけど、次に聞こえてきた言葉は、まったく予想外のものだった。

「エマーシェル様を守るための、手助けをしてほしいのです。安心してください、別に危険なことを頼むつもりはありませんわ」

綺麗(きれい)な顔ににっこり笑みを浮かべて、レナ様はそんなことを言った。

「……守るための、手助け？」

思わず素(す)でそう問いかけてしまう。

だって本当に、あまりにも予想外すぎる。

レナ様は私の問いかけに、静かにうなずいた。

わけがわからない。エマーシェル様を守るなんてことを、どうしてレナ様がするのだろうか。

——でも、それと同時に、なんだか無性(むしょう)にわくわくしてきた。

レナ様は、私の想像の上を行くような面白い方なのかもしれない。そういう期待を胸に抱いてしまう。

「……どうして、そのようなことを？」

私は率直に聞いてみることにした。

「どうしてとは？」

「だって、レナ様にとってエマーシェル様は、正妃の座を争うライバルでしょう？　陛下に気に入られた妃を排除しようとは思わないのですか？」

「思いませんわ。というより、あの方が気に入っていらっしゃる妃を排除するなんて、とんでもないですわ」

しかも、レナ様はきっぱりと言い放った。私はますますレナ様のことがわからなくなる。

しかも、『あの方』と陛下を呼ぶ声には、溢れんばかりの愛情が込められていて、余計に混乱してしまう。

「……どうして、エマーシェル様を守るのですか？」

「あの方が気に入り、大切にしている方だからですわ」

「……レナ様は、陛下の心をエマーシェル様に取られていてもいいのですか？」

「取られるとか取られないとか、そういう問題ではありませんわ。あの方のお心はあの方のものでしかありません」

レナ様は陛下至上主義だった。

きっとレナ様にとって陛下は、とても大切な存在なのだろう。いまの彼女を見て、私の直感がそう告げている。

そしておそらく彼女は、陛下を自分の手が届くような存在ではないと思っているのだろう。陛下に選ばれるかもしれないなんて欠片も考えていない。当然、私こそが選ばれるべきだ、なんていう傲慢さもなかった。

「レナ様は、陛下をどう思ってらっしゃるのですか？」

「愛していますわ」

レナ様は間を置かずに、迷いなく言い放った。

彼女の茶色い瞳がまっすぐ私を見ている。意志の強そうな瞳から、彼女の言葉が真実だと感じた。

「愛しているなら、どうして……」

「エマーシェル様を守るのか、ですか？　皆そういうことを聞きますのね。でも、当たり前のことですわよ。陛下を愛しているからこそ、幸せになってほしいと思っているだけですわ。陛下のエマーシェル様に対する思いが、ただの興味なのか恋愛感情なのかは現状ではわかりません。けれど気に入っていらっしゃるのは間違いないでしょう。そんな相手が不幸な目にあって、あの方が悲しまれるのが嫌なのですわ」

なんて純粋で、まっすぐな思いなのだろう。

レナ様の思いを聞いた私は、自分が恥ずかしくなった。

この人が誰かを害するのではないかと考えた自分が。

「……陛下の思いが、恋愛感情だった場合はどうするのですか？」

「エマーシェル様が正妃になれるよう、全力で手助けしますわ」

「レナ様は、正妃の座を目指さないのですか？　それを望める身分をお持ちでしょう？」

「身分は関係ありませんわ。私はあの方に、愛する人と結ばれてほしいのです。私は陛下の妃としてこの場にいられるだけで満足しておりますの。これ以上は、高望みしすぎですわ」

自分が隣にいられなくてもいいから、陛下に幸せになってほしい。そのためなら、どんな手助けも惜しまない。レナ様が言っているのはそういうことだ。

本当に好きだからこそ、悲しんでほしくない、幸せになってほしい……そんな、どこまでも慈愛に満ちた思いだった。

期待以上に興味深い答えで、私はわくわくが止まらない。レナ・ミリアムという少女に、自分がどうしようもないほど惹(ひ)きつけられていくのを感じた。

「レナ様は、なにをするために後宮にいるのですか？」

「陛下を幸せにするためですわ」

ああ、面白い。なんて面白いんだろう。

後宮にいる令嬢なんて全員似たり寄ったりで、観察していても正直つまらなかった。

けれどこうして実際に話してみたレナ様は、他の誰とも違っていて面白く、彼女が話すたびに胸がドキドキする。次の質問には、なんて答えてくれるんだろう。

「陛下を幸せにするほどの力が、レナ様にはあるのですか？」

陛下を愛しているそぶりなど一切見せず、彼の幸せを願うレナ様が面白かった。

好きな人のためならなんでもしそうなレナ様に力を貸したいという思いがわいてくる。

「あるかはわかりませんわ。でも、私はあの方の力になるために、ずっと色々なことを学んできましたもの。できる限りのことはしたいですわ」

「ずっとって、いつからですか？」

「……じゅ、十年前からですわ」

レナ様は真っ赤な顔で言った。あれだけ自分の思いを語っておいて、いまさら恥ずかしがるレナ様に、思わず笑ってしまいそうになる。

「レナ様、可愛いですね」

「な、なにを言って……」

ますます顔を真っ赤にするレナ様を見て、ついほのぼのしてしまう。

「本心ですわ。レナ様はすっごく可愛いです」

「もうっ、おやめください！　無礼ですわよ！」

レナ様の反応を面白がっていると、キツく咎められた。

でもその顔には、恥ずかしいと書いてあって、やっぱり面白くて仕方ない。

それに、いまのレナ様がハイスペックなのは、好きな人のために自分を磨いた結果なのだろうと思うと、なんとも言えない温かい気持ちになった。

本当、可愛いなぁ！　見た目は綺麗なのに、内面はこんなに可愛いなんて！

とある友人から聞いたのだけれど、この国から遠い遠い国に『ギャップ萌え』という言葉があるらしい。私がレナ様に感じているのは、まさにそれではないだろうか。

私がいままでレナ様に着せたいと思っていた衣装は、どちらかというと綺麗系のものだった。

けれどレナ様の本心を知って、可愛い系の衣装を着ている姿も見たくなった。というか、そういう服を着せると、私の頭の中では既に決定している。

年相応の可愛らしい衣装を着て、恥ずかしがっているレナ様を想像しただけでヤバい。

私がにやにやしていると、レナ様は恥ずかしさをごまかすように言った。

「も、もう、それよりもお願いは聞いてくれるのですか？」

「エマーシェル様を守るんですわよね？」

「そうですわ」

「もちろん協力させていただきます」

レナ様は私のことを調べていたのだと思う。そのうえで、私に正直な思いを打ち明けてくれたのだ。少なくとも私は、本心をさらしてもらえなければ、協力しようという気にはならなかった。

「まぁ！　それならエマーシェル様を守りやすくなりますわ！」

彼女が表情を明るくした。

レナ様の味方をしたい。

というか私は、こんなに可愛いレナ様が、幸せそうに笑う姿を見たい。

レナ様の一番の幸せは、やっぱり陛下に愛されることだろう。レナ様はそんなことありえないと言っているけれど、レナ様の可愛らしい本性を見せたら、陛下も落ちるのではないだろうか？

だって、それほどレナ様のギャップは魅力的だ。

「その代わり、私の着せ替え人形になってもらいますからね」

「ええ、交換条件ですし、もちろんお引き受けしますわ」

エマーシェル様を守るのには、協力しよう。

でも私はエマーシェル様ではなく、レナ様が陛下の隣で笑う姿を見たい。

好きな人と結ばれたレナ様は、どれだけ幸せそうな笑顔を見せてくれるんだろう。考えるだけでわくわくして、たまらなくなってくる。

だから私は、念押しをした。

「私が手伝うのは、エマーシェル様を守ることだけですわよ」

「ええ。それで構いませんわ」

「それと、時々レナ様とお話をしたいのですけれど、いいですか？」

「それも、別に構いませんけど……」

レナ様が陛下を幸せにしようとするならば、私はレナ様を幸せにしよう！

それに、有能なレナ様が正妃になったら、この国も安泰だ。

「……レナ様、覚悟してくださいませ」

「なにか言いましたか？」

思わず口から漏れた言葉は、レナ様には聞こえなかったらしい。よかった。

「ふふ、なにも言っていませんわ」

よし、頑張ろう。全ては私がレナ様の幸せな顔を見てニマニマするために！

＊

「まぁ！　これは素晴らしいですわ、サンカイア様」

「そうでしょう？　レナ様と話してからまた色々思いついたので、スケッチしたのですわ」

「サンカイア様はわかっていらっしゃいますね！　私たちのレナ様にはこうした可愛らしいものもよく似合うのですわ」

サンカイア様とお話をした一週間後。私の部屋で、フィーノ、メル、サンカイア様が意気投合している。

カアラとチェリには、情報収集とエマーシェル様の護衛を頼んでいるからこの場にいない。

後宮から派遣されている侍女のうち、一人には別の用を頼んでいて、二人が残っている。その二人は、はしゃいでいるサンカイア様たちを前に、どう反応していいかわからず困っているようだ。

その気持ちはわかる。目の前で自分の話をされて、私も反応に困るからだ。

というか、以前見せてもらったスケッチだけでも結構な数があったのに、なんでまた増えているのだろうか。ちょっとわけがわからない。

まぁ、おかげでサンカイア様と仲良くなれるなら、別に構わないけれど……信頼する侍女たちとサンカイア様の会話に入れないのは、少しさびしい。仲間はずれにしないでほしい。

とはいえ、三人で盛り上がっている様子は実に平和だった。

私への嫌がらせはますます酷くなっているし、エマーシェル様と陛下のことがいつ明るみになるとも知れない状況なのに……なんだか気が抜けてしまいそうだ。

そう思いながら三人を眺めていると、フィーノがなにやら力説し始めた。

「レナ様は大人の女性らしく振る舞おうと、そういう服ばかりお召しになって……いえ、もちろん、それも似合っているのです！　でも、愛らしいドレスを身に纏ったレナ様も素晴らしいのですわ。商人たちはいまのレナ様を見て大人びたものしかすすめませんが、レナ様は愛らしいものも着こなせるのです。私はそれに気づいてくださったサンカイア様の慧眼に感服しますわ」

「いえ、私も当初は大人っぽい綺麗なドレスを着たレナ様ばかり想像しておりました。でも、昨日レナ様と話してみて、認識を改めたのです。ああ、この気持ちをわかり合える方がいて、私も嬉しいですわ。私付きの侍女にこれらを見せたところ、レナ様にこういうものは似合わないなどと断言されてしまって……」

サンカイア様の言葉に、メルも口を開く。

「それは見る目がありませんわ！　レナ様はただ美しいだけの方ではありません。私たちのレナ様は、どんなものでも着こなせる完璧な方ですもの」

「私もそう思いますわ。例えばこの中なら、私はこんな衣装もいいと思いますの。妖艶さと同時に、無邪気さも表しているこれを、レナ様が身に着けた姿を想像するだけでもヤバいですわ」

放置していたら、どんどんエスカレートしてきた。

……こういう話は私のいないところでしてくれないかしら。

侍女たちとサンカイア様が仲良くしていることも、彼女たちが私に好意を抱いてくれることも、嬉しい。でも、ちょっと興奮しすぎだと思う。

「あの、サンカイア様」

「なんでしょう、レナ様」

呼びかけると、サンカイア様はすぐにこちらを向いてくれた。

その笑顔から、まったく敵意が感じられないことに拍子抜けしてしまう。

この前は『エマーシェル様を守ることしか手伝わない』と念押しされたから、私に対してそこまで友好的ではないのだと思っていた。

もしかしたらサンカイア様は、なにか別の思惑があってあんな風に言ったのだろうか。

「お話が盛り上がっているところ申し訳ないのですが、他の侍女たちも戸惑っているので、その辺でやめてもらっていいでしょうか？」

「私はまだ話し足りないのですが……まぁ、レナ様がそうおっしゃるならやめましょう」

サンカイア様は相変わらずにこにこしている。

なにがそんなに嬉しいのだろうか。

「どうしてそんなに、にこにこしていらっしゃるのですか？」

「レナ様が可愛いからですわ」

「……ふざけていらっしゃいます？」

「いいえ、本心ですわ！　レナ様がとても愛らしいので、そんなレナ様に私の考えた衣装を着せて差し上げられるのかと思うと、ついニヤけてしまうのです」

そう言われても、凄く反応に困る。嫌な気分にはならないけれど、こんな風に言われた時の対処方法が思い浮かばない。

どんな場面でも貴族として動じずに答えられるよう、もっと精進しなければ。

「そうそう、レナ様。紹介したい友人がいるのですが、お時間の空いている日はございますか？」

「サンカイア様のご友人？」

「ええ。我が商会が懇意にしているデザイナー兼裁縫師です。レナ様に着ていただく衣装は、彼女に作ってもらっていますの。実際のレナ様を見たほうが、友人も衣装を作りやすいと思うので、一度会っていただきたいのですが」

「まぁ、服を作ってくださる方なのですね。構いませんわ。その方の都合がつく日を教えていただけますか？　できる限り時間を合わせようと思いますので」

そうして、サンカイア様の友人と会うことが決まった。

私はその日、後宮内を散歩していた。

目的があったわけではない。ただ、この広い後宮を見て回るのも楽しいから、時々侍女たちを連れて歩いている。

サンカイア様が協力者になってくれて、数週間が経過している。

着せ替え人形になるという約束はまだ果たしていないし、サンカイア様のご友人とも会っていない。

後宮に外部の者を招くのは大変なことだ。男性はよっぽどの役職にあるか、警備兵でもない限り、足を踏み入れることはかなわない。女性であっても、妃を害する可能性がないか厳しく審査される。

当たり前だろう。後宮で暮らす妃は陛下のものだ。陛下にささげられた、陛下だけの乙女でなければならない。

妃の身に危険があってはいけないし、他の男性と関係を持っていた疑惑でもあれば、それだけで大変なことになる。

「レナ様、こちらには美しい庭園があるのですよ！」

私に向かって説明をするのは、メルだ。

家から連れてきた侍女たちは、後宮の構造をほとんど完璧に覚えている。後宮は複雑な造りになっているらしいけれど、すぐに把握してきた。私の侍女たちは本当に優秀だ。

昔から、初めて行くところがあれば、そこがどういう場所なのか侍女たちに調べてもらう。知っていれば対処できることも、知らなければできないと、お母様が教えてくれていたから。

メルが私を庭園に案内しようとするのは、私が花を好きなのを知っているからだろう。

美しく咲き誇る花がとても好きだ。

どんな花も綺麗だと思うけれど、一番好きなのは薔薇。

薔薇は美しいけれど棘がある。人を寄せ付けない凛とした美しさがあって、そこに惹かれるのだ。どこか陛下に似ているようにも思えて、薔薇を見ると愛おしい気持ちがわいてくる。

ここの庭園には薔薇園もあるらしい。だから楽しみにそちらへと向かったのだが……残念なことに、いまは入れなかった。

庭園の入り口に警備兵が一人立っていて、現在立ち入り禁止だと言われたのだ。

私はその人に見覚えがあった。陛下付きの護衛の一人だ。いまは警備兵の制服を着ているけれど、間違いない。お渡りの時に、陛下の後ろにいたのをちらっと見たことがある。

庭園の中でなにが起こっているのかはわからない。

けれど陛下の護衛がわざわざ警備兵に扮しているのだから、十中八九陛下がいる。おそらくエマーシェル様もいるのだろう。

庭園で密会なんてしていたら、すぐに他の妃に悟られてしまいそうだ。

ならば、私のすることは一つ。

私は護衛の人に適当に挨拶して、大人しく庭園に入ることをあきらめた。そして、メルたちに向かって指示を出す。

「今日、庭園に妃の方々が来ないように、工作をお願いしますわ。それから、陛下とエマーシェル様の様子をできる限り近くで監視すること。そしてお二人が次はいつ、どこで密会をするのか探ること」

私は三つのことを指示しながら、自分の部屋に戻る。

陛下が庭園にいることを知られるのはよくない。もし、陛下と会っているのがエマーシェル様だと知られたら、大変なことになってしまう。

私はエマーシェル様が傷つくことを望まない。

そんなことになったら、あの方が悲しむ。私はあの方を悲しませたくない。あの方が笑って、幸せに過ごせるような手助けをしたい。

メルたちは私の指示に不服そうな顔をしていた。なにか言おうとしたけれど、私はそれを目で制す。

私がエマーシェル様を守っていることを、メルたちはあまり好ましく思っていないのだろう。そんなことは知っているけれど、それでも私はあの方のためにエマーシェル様を守りたい。

とりあえず、このことをディアナ様とサンカイア様にも相談しなければ。庭園のような人目につく場所で密会されては、ごまかすための人手が足りない。

そう考えて、二人を私の部屋に呼び出した。事前に約束を取りつけずにこういうことをするのはあまりよくないけれど、いまは急を要する。彼女たちとは協力関係にあるし、きっと事情を察してくれるだろう。

二人を待っている間に、あの方のことを考える。

どの妃にも興味がなさそうだったあの方が、エマーシェル様に興味を持たれていることが嬉しかった。

嫉妬がないといえば嘘になる。けれどエマーシェル様が、国王としての重責を背負うあの方の支えになってくれるなら、それは喜ばしいことだ。

急な呼び出しにもかかわらず、ディアナ様とサンカイア様はすぐに来てくれた。顔を合わせた二人は、お互いに目を合わせて、少し驚いている。そういえば、二人が協力者同士であることをまだ各々に伝えていなかった。

私は彼女たちをテーブルに案内する。全員が席に着くと、二人にそれぞれを紹介した。

「ディアナ様、こちらは私の協力者になってくださった、サンカイア様ですわ」

まず、もっとも位の高いディアナ様に向かって、サンカイア様を紹介する。ディアナ様は「まぁ」と口にして、サンカイア様のほうを見た。

「サンカイア様、ディアナ様もエマーシェル様を守るためにご協力くださいますの」

次に、サンカイア様に向かってそう告げる。

サンカイア様は、ディアナ様のほうを見て、なんだか楽しそうな顔をしていた。

「ディアナ様も、レナ様から協力をあおがれていたのですね」

「ええ。そうですわ。サンカイア様もそうだとは思いませんでしたけれど」

「ふふ、私はレナ様の可愛らしさにやられてしまったのですわ」

「まぁ、私もですわ。レナ様は本当に可愛らしい方ですものね」

……えーと、どうしてそんな話になるのでしょうか。

目の前でそんな話をされても、反応に困る。

「ディアナ様も、サンカイア様も、そういう話は……」

そう言ってさえぎろうとすると、サンカイア様が満面の笑みを浮かべてこちらを向いた。

「まぁ、照れていらっしゃるのですか？　レナ様は可愛いですわねぇ」

「あの、サンカイア様。なぜ私の頭を撫でていらっしゃるのですか！　やめてくださいませ。私は子供ではありませんわ。それに失礼ですわよ」

私の方が身分が高いのだから、頭を撫でるなんて不敬だ。

「あら、私ったらつい……申し訳ありません」

私はエマーシェル様のことを相談しようと、こうして二人を呼んだ。それなのに、なぜこんな扱いをされているのだろう。頭を撫でられるなんて、好意が伝わってくるから嬉しくないわけではないけれども、子供扱いされているようで嫌だ。

「むふふ、レナ様、本当に可愛いですわぁ。いくらでも撫でまわしたくなります」

「あのですね……やめてくださいと言っていますでしょう？」

「まぁ、そこまで嫌がるならやめますわ。名残惜しいですけれども」

そう言いながらも、サンカイア様はにこにこしている。彼女は楽しそうに笑っているけれど、私は楽しくない。

「それよりも、今日はお二人に相談があってお呼びしましたの」

大事な話をするために、私たちは侍女抜きでお話ししている。私が実家から連れてきた侍女たちはいいけれども、後宮で新たに付いた侍女や、ディアナ様とサンカイア様の侍女たちに話を聞かれるのは困る。

「あら、なにかございましたの？」

「もしかして陛下に新しい動きでも？」

そう問いかけるディアナ様は、庭園での出来事を把握していないようだった。

二人に漏れていないということは、きっと他の妃の方々にだって知られていない。

私は正直、ほっとした。陛下とエマーシェル様はまだ庭園にいらっしゃるだろう。だから油断はできないけれど、少なくとも現段階では、誰にも感づかれていないはず。

「実は、陛下がこちらに来ているのです」

私はそう言って二人を見た。その意味を、彼女たちならすぐに理解することだろう。

「アースが来ているということは、エマーシェル様に会いに……ですわよね？」

「まぁ、知りませんでしたわ」

ディアナ様とサンカイア様がそれぞれ反応を示す。

「ええ、そうですわ。いま庭園でお二人が密会しているようですの。そのことを隠すのを手伝っていただけないかご相談しようと思いまして」

二人は私の言葉に、驚いた表情を浮かべている。先に言葉を発したのは、ディアナ様だった。

「アースが庭園でエマーシェル様と密会、ですか」

「ええ。先ほど庭園の入り口に、警備兵に扮した陛下付きの護衛がいましたの」

「あら、レナ様はもしかして、アースの護衛を全部覚えていらっしゃるのかしら？」

「ええ。全て把握しておりますわ」

なにを当たり前のことを聞くのだと思いながらも、私はディアナ様の問いに答える。

陛下の周りには、腹心の部下たちがいる。

しかし、陛下の信頼が厚いからといって、陛下を裏切らないとも限らない。人はどのような行動に出るかわからない生き物だ。

だから、私は陛下の周りに害をなす人間はいないか調べ上げている。もしいるとしたら、事前に対処しようと考えているのだ。

「陛下付きの護衛がいるということは、陛下が庭園にいらっしゃるのでしょう。エマーシェル様も一緒だと想像できますわ。いま、侍女に様子を確認させています」

陛下が用もなく後宮の庭園を訪れるなんてありえない。あの方は、草花にそこまで関心を寄せていない。

けれどエマーシェル様は花が好きで、庭園にも何度も足を運んでいるらしい。おそらくエマーシェル様の希望で、庭園で密会することになったのだろう。そうだとすれば、陛下は彼女のことを、本気で大切にし始めているのかもしれない。

「後宮にまで訪れるということは、エマーシェル様を本当に気に入っているのね」

ディアナ様は困ったように笑った。

「あの冷たい陛下がそこまで興味を示されるなんて……」

サンカイア様は少し不機嫌そうに眉をひそめている。

「ディアナ様、サンカイア様。私はあの方がエマーシェル様と一生を共にしたいと思っておられるのなら、エマーシェル様が正妃になれるように、全力を尽くすつもりです」

そう言うと、サンカイア様が難しい顔をして口を開く。

「それは……」

「わかっていますわ。エマーシェル様はいまのままでは、正妃としてやっていけないでしょう。でもまずは、陛下がエマーシェル様を気にかけていらっしゃると、他の妃たちに知られないようにしなければ」

エマーシェル様のことも、もちろん調べてある。

彼女がどういう人で、どういう過去を持っているか。なにかあった時、どういう行動をするか。なにが好きでなにが嫌いか。どういう可能性を秘めているか。私の持てる全ての情報網を使って、完全に調べ上げている。

だからこそ断言できる。たとえ陛下に見初められて、エマーシェル様自身が立派な正妃になれるように全力を尽くしたとしても――まだ足りない。

そのあたりは、なにかいい方法を考えたいと思っている。

とりあえず、いま一番気にかけなければならないのは、陛下とエマーシェル様の関係

が露見しないようにすることだ。

「今後もエマーシェル様と陛下が野外で会われるのなら、私だけでは対処が難しいかもしれません。ですから、手を貸していただけないでしょうか。あの方のために、エマーシェル様を守りたいのです」

陛下には笑っていてほしい。私が恋した、あの時と同じ笑みを浮かべてほしい。たとえその笑顔が、私に向けられることがなかったとしても。

「レナ様って、本当に……。まぁ、いいですわ。私はできる限りレナ様の味方をいたします」

ディアナ様はなにかを言いかけてやめる。そして仕方がないわねとでもいうように笑ってくれた。

「本当に、可愛いですわね。レナ様は」

協力するなんて一言も言わないけれど、サンカイア様も笑みを浮かべてこちらを見ていた。

私はこの後宮で、心強い味方を得られたことに感謝している。

一人でいるよりずっと、あの方のために動きやすくなったのだから。

＊

「ディアナ様、突然のお呼び出しに応じてくださり、感謝いたしますわ」

レナ様に呼び出された次の日。

私――ディアナはサンカイア様の部屋に来ていた。

昨日、彼女から『レナ様に内緒でお会いできませんか』と書かれた手紙が届いた。

私は正直なところ、サンカイア様がなにを考えているのかよくわからない。彼女が貴族令嬢ではないからだろうか。

わかっているのは、サンカイア様は正妃になりたいとは思っていないということ。侍女を使って集めた情報によると、彼女は後宮で商売をしようとしているようだ。

そんな方が、どうしてレナ様に協力しているのだろうか。サンカイア様からしてみれば、きっとレナ様は聞き分けのない子供のように見えているに違いない。

私はそう思いながら、表面上は笑みを浮かべて、サンカイア様を観察する。

「いえ、構いませんわ。私とサンカイア様は、互いにレナ様に協力する仲間ですもの」

にっこり笑ってこちらを見ているサンカイア様は、なにかを企んでいるようにも見えた。

侍女たちは下がらせたため、この場にいるのは私とサンカイア様だけだ。レナ様に内緒で、とサンカイア様が条件を付けたからである。

レナ様が実家から連れてきた侍女たちは、『魔力持ち』であることを抜きにしても非常に優秀なようなので、ほんの些細（ささい）な証拠でも残してしまえば、私とサンカイア様がこうして会っていたことをレナ様に悟られてしまうだろう。

こうして細心の注意を払っていても、レナ様には知られてしまっている可能性もあるけれど。

それにしても、レナ様に内緒でとはどういうことなのだろうか。サンカイア様はレナ様に協力するふりをして、なにか企（たくら）んでいるのかしら。

あんなに可愛いレナ様を害そうとするなら、見過ごせない。アースのために、あんなに必死で一生懸命なレナ様を守りたい。

「それで、私にどのようなご用件でしょうか？」

その私の問いには答えず、サンカイア様は逆に質問してきた。彼女の顔には笑みが貼り付いている。

「ディアナ様は、レナ様のことをどう思っていらっしゃいますか？」

「どうとは……」

「私と同じく、レナ様に協力することにしたのでしょう？　どうしてですの？」

　サンカイア様の目に警戒の色があるのを見て、私ははっとする。

　私がサンカイア様を警戒しているように、サンカイア様も私を警戒しているのだ。

　ここで本心を口にしていいものなのか、正直悩む。

　けれども、彼女はレナ様が選んだ協力者だ。レナ様がこの方ならと思い、協力を求めたのがサンカイア様なのだ。

　ならば信用できるはず。そう考えてしまう私は、甘いのかもしれない。

　でも、レナ様がこの方を信頼しているというだけで、自分の本心を語るには十分だという気がした。

　ぐっと覚悟を決めて、私は口を開(ひら)く。

「私は、レナ様を可愛らしい方だと思っておりますわ。どこまでも一生懸命で、優しく、まっすぐな方。だから、レナ様の力になりたいと思ったまでのことです」

　これでサンカイア様が敵だったならば、私はいい笑いものだろう。敵に向かってこんな赤裸々(せきらら)に本心を語るなんて、付け込まれる隙を作るだけだ。

　私の答えに対し、サンカイア様は笑った。

先ほどまでの作り笑いではなく、本当に楽しそうに笑い出した。

私はそれに驚く。彼女がなにを考えているか余計にわからなくなった。

「どうなさいました？」

「うふふ、ディアナ様が私と同じ気持ちだとわかったのが嬉しくて。それに、ディアナ様を警戒していた自分が馬鹿らしくなったのですわ」

心の底から嬉しそうに、まるで悪戯の共犯者を見つけた子供のように、サンカイア様は笑う。

「ディアナ様、私はですね。エマーシェル様を守ることに関してだけは、レナ様に協力するとお約束しました。それに偽りはないのです」

そう続けられた言葉に、少し首をかしげたくなる。

エマーシェル様を守ることのみ協力するというのは、どういうことだろう。

「私はレナ様のような可愛らしい方が好きですわ。応援したくなりますもの。陛下のために一生懸命で、陛下が幸せになるならエマーシェル様と結ばれても構わないと笑う、レナ様のことを応援したいです。でも——」

サンカイア様は、一度言葉を切ってからこう言った。

「私はレナ様が幸せそうに微笑む姿を見たい。私は、レナ様を幸せにして差し上げたいのです」

彼女は清々しい笑みを浮かべている。

「レナ様を幸せにしたい……？」

「ええ、そうですわ。レナ様はとっても可愛いでしょう？　そんなレナ様が幸せそうに笑ったなら、きっともっと可愛らしいだろうと思うのです。私はそれが見たいのですわ」

自分より位の高いレナ様を可愛い可愛いと口にするサンカイア様には驚いた。それよりもなぜ、彼女が私にこんな話をするのかがわからない。

「それで、ですね……」

サンカイア様は、私の戸惑いをよそに話を続ける。

「レナ様の幸せは、陛下と結ばれることにあると私は思いますわ。レナ様は最初からあきらめていらっしゃいますけれども、私はレナ様なら正妃の座を狙えると……いえ、むしろレナ様こそ正妃に相応しいと思うのです」

サンカイア様はにっこりと微笑み、さらに続ける。

「私は可愛いレナ様を、正妃にしたい。エマーシェル様ではなく、レナ様を。レナ様が陛下に愛され、この国の正妃として頑張る姿が見たい。――そのために、協力していただけないでしょうか？」

どうやらこれが、サンカイア様の言いたいことだったらしい。

「……そういうことでしたら、もちろん協力いたしますわ」

彼女の問いかけに、私は笑みを浮かべて答えたのだった。

＊

私――レナ・ミリアムは、その日ドキドキしながら部屋にいた。

今日、陛下がこちらにお渡りになるらしい。

私はいつものように、侍女たちにその準備をしてもらっていた。

陛下は私に特別な感情を持っているわけでは決してない。私がミリアム侯爵家の娘だから、陛下は実家に気を遣って訪れてくださっているのだ。

陛下の気持ちは現在エマーシェル様のほうに向いていて、私への関心なんて欠片もないことも知っている。

でも、そこになんの情もなかったとしても嬉しい。あの方が私に触れ、話しかけてくれるならば、それだけでどうしようもないほど幸せだ。

「陛下に見られても恥ずかしくないぐらい綺麗にしてね」

「ふふ、レナ様はいつでも綺麗で可愛いから、問題ないですわ」

チェリがにこにこと笑って言うけれど、一番綺麗な自分をあの方に見せたいと願うのは、私があの方を心の底から好いているからだ。

今日は三度目のお渡り。

私が体を許しているのは、あの方だけだ。その事実を実感するだけで、これ以上ないほど幸福な気持ちになってしまう。

いずれ私は妃ではなくなり、実家に帰されるだろう。その先に待っているのは政略結婚だ。そうなったら、あの方以外の人に体を許さなければならない。

その時のことを考えると、私がいまこうしてあの方の妃でいられるのは、幸せなことだとしか思えない。

だというのに、厚かましくも陛下の寵愛を請うベッカ様とリアンカ様に対しては、なんとも言えない気持ちになる。それだけでなく、彼女たちは他の妃を傷つけようとしている。私への嫌がらせも、なくなる気配はなかった。

自分こそが正妃になれるという絶対的な自信と、陛下の寵愛を受ける妃がいれば排除しようという姿勢はいかがなものかと思う。

実家から正妃の座を狙うように言い聞かせられているのだとしても、そのような自分本位な考えで正妃になられては、陛下のためにならない。

正妃とは、ある意味陛下と対等であり、陛下を支える存在だ。あの方の負担を考えもしない方々が正妃になるだなんて認められない。

「……私も、陛下の手を煩わせないようにしなければ」

そんなことをぼそりとつぶやく。

陛下の手を煩わせないように、余計な心配ごとを背負わせないように。ありふれた妃の一人として、私はあの方の前に立とう。

「……早く本心をお見せになればいいのに」

後ろで侍女たちがなにか言っていたけれど、私は気にも留めていなかった。

「ディアナと親しくしているそうだな。なにを考えている」

夜、私の部屋を訪れた陛下にそう聞かれて、私は驚いた。

陛下が私に私的な質問をしてくるとは、考えてもみなかったからだ。

ディアナ様と私が親しくしていることは、後宮内でもそれなりに噂になっていた。いくらエマーシェル様を守るためとはいえ、ディアナ様の協力を得るなどという大きな動きをすれば、陛下の耳に入るのも仕方がないことだろう。

私はなんと答えるべきか悩んだ。正直に答えても、陛下は私のことを信じないだろう。私の目的を言うわけにはいかないし、かといってなにも言わなければ怪しすぎる。

だから私は当たり障りなく答えた。

「ディアナ様とは親しくさせていただいておりますが、陛下が心配なさるようなことは考えておりませんわ」

本当のことなど言う必要はない。後宮の妃でありながら、エマーシェル様を守ろうとしているなどと告げて、陛下を混乱させるのも私は嫌だ。

だから、あえて貴族の令嬢らしい笑みを浮かべて答えたのだが、陛下はお気に召さなかったようだ。

その日、私は乱暴に抱かれた。

途中で意識を失い、目が覚めた時には陛下の姿はなかった。

「私たちのレナ様を乱暴に抱くなんて！」

「レナ様にこのような仕打ちをして、許せませんわ！」

翌朝、私が陛下に乱暴に抱かれたことを知るや否や、侍女たちはとても恐ろしい顔をした。私が止めなかったら、陛下に対してなにかしでかすのではないかというほどに、怒り狂(くる)っていた。

私はあの方から与えられるものだったら、痛みだろうとなんだろうと喜んで受け取るのに。

どうして侍女たちのほうが怒るのかしらね？

というか、愛(いと)しいあの方になにかするなら、私は皆を許せなくなるからやめてほしい。

暴走気味な侍女たちをなだめていると、サンカイア様から手紙が届いた。

デザイナー兼裁縫師(さいほう)であるサンカイア様の友人に、後宮を訪れる許可が出たらしい。

私の予想よりも早かった。部外者がこの後宮に足を踏み入れるとなれば、もう少し時間がかかるものと思っていたけれど……もしかしたらサンカイア様の友人は、有名な方なのだろうか。

結局その方がどういう人物なのか調べることもできないまま、その時はやってきた。

「貴方がレナ様ですね！」

妃が外部の人と会うための部屋に行くと、その人——ヒィラネア様は、にこにこしながら待っていた。

彼女は空色の髪を肩まで伸ばした、とても個性的な人だった。歳はサンカイア様と同じくらいで、愛らしい顔をしている。

デザイナー兼裁縫師だとは聞いていたが、この国でもっとも有名な服飾作家である彼女を紹介されるとは思わなかった。

「……まさかサンカイア様のご友人が、貴族たちからも引っ張りだこなヒィラネア様だとは思いませんでしたわ」

ヒィラネア様の目には、私に対する好意がありありと浮かんでいて、私は正直戸惑っている。

サンカイア様が私のことをなにか言ったのかしら？

「ふふ、ヒィラネアは私の幼馴染なのですわ。レナ様」

「はい。私とサンは仲良しなのです」

お二人はにこにこと笑い合っている。

「それで、レナ様にお会いした感想は？」

サンカイア様はヒィラネア様のほうを向いて言った。

「むふふ、最高ね。最高の素材だわ。サンから散々話を聞かされていたけれど、予想以上だわ。顔立ちが美しくて愛らしいのはもちろんだけれど、体形が素晴らしいわね。これだけスタイルがいいと、どういうドレスを着せようか妄想するだけでも楽しいわ」

初対面の方にここまで褒められると、なにか企んでいるのではないかと疑いたくなる。

でも、スタイルがいいと言ってもらえたのは嬉しい。

昔、後宮にいた伯母様から夜伽（よとぎ）の話を聞いたことがある。そうしたら、自分を美しく保つのが大切だと言われたのだ。

実際、その通りだった。

男女の営（いとな）みを行（おこな）うということは、ありのままの自分を陛下に見せるということ。

衣服を脱いだ体が美しくない、なんて恥ずかしいことだ。陛下はとても美しい方なので、その妃に相応（ふさわ）しい姿を目指すのは当然だろう。

そういうわけで私は、体形を美しく保つために軽い運動を欠かさない。

専門家から話を聞いて、バランスのいい食事を心掛けてもいた。

その努力がきちんと実を結んでいると思うと、どうしても嬉しくなってしまったのだ。

「あら、レナ様は見た目だけでなく中身も可愛らしいのですよ？　貴方の言う『ギャップ萌え』を地で行く方なのですわ」

「むふふっ。そしてそんなレナ様を、私とサンの手で美しく着飾らせることができると！　あぁ、なんて幸福なの！」

「ええ、そうですわ。私たちの手でレナ様を魅惑の美女にも、幼（おさな）さと色気を兼ね備えた妖（あや）しい少女にも、男装の麗人にも、知的なデキる美女にも、なんにでも変身させることができるのですわ！」

「ぷはあぁああ。考えただけで鼻血が出そう！　こんなに可愛くて綺麗な女の子を、私の好きにできるだなんて！」

……天才というのは変態と紙一重なのだろうか？

ただ着せ替え人形にされるだけのはずなのに、『好きにできる』という言い方をされると、変なことをされるのではないかと不安になる。

そしてサンカイア様も、普段は冷静な大人の女性に見えるのに、ヒイラネア様と一緒のいまは、その仮面がすっかりはがれていた。

「知的でデキる美女のレナ様……。『言うことを聞けないならお仕置きよ』などと、冷たく言い放つ感じでしょうか。それもアリですね」

するとカアラたちが、自然にその会話に入っていった。

「はいはーい、私は男装して恥じらうレナ様が見たいです」

「私は、レナ様の可愛さを前面に押し出したものを希望しますわ。ただでさえ可愛らしいレナ様が、そのような姿をしていると考えただけで、もう……」

カアラたちも、一体なにを話しているの？　主の客人の会話に割って入るなんて失礼よ？

反応に困る私をよそに、サンカイア様とヒィラネア様、そして侍女たちは、私にどんな服を着せるか話し合いを始めた。

時折私にも意見を求めてくるけれど、そのたびになんと答えていいか迷ってしまう。

そうしているうちに時間は過ぎていき、ヒィラネア様とサンカイア様は面会時間が終わると去っていった。


その晩、私は疲れを感じながらも、陛下とエマーシェル様について考えていた。

色々と探ってみたところ、陛下はエマーシェル様と過ごす時間を、かなり大切にされているようだ。

国王という地位は、それだけ重圧のかかるものである。侯爵家の長女というだけの私でさえ、それなりに大変な思いをしてきた。国の最高位にある陛下は、私なんかとは比べものにならないほどの苦労をしているはずだ。

私が後宮で見てきた陛下は、異性と過ごすことに安らぎを感じている様子はなかった。

そんな陛下が心休まる相手を見つけたというのなら、喜ばしいことだ。

陛下のエマーシェル様に対する関心は、少なくともただの興味以上のものらしい。それは恋愛なのだろうか。それとも友愛なのだろうか。

まだわからないけれども、あらゆる可能性を考えておく必要がある。

エマーシェル様を心から愛し、正妃にしたいと望まれる可能性もある。けれど、それにはいくつかの問題がある。

彼女が正妃になるなら、その仕事を支えてくれる側妃が必要だろう。その側妃には誰が適しているだろうか。正妃であるエマーシェル様に十分な気配りができ、それでいて、仕事をきちんとこなしてくれる方……。

ディアナ様が一番いいと思うけれど、彼女には心に決めた方がいるようだし。

ベッカ様とリアンカ様は論外だ。お二人のどちらかが側妃に決まった日には、エマーシェル様は殺されてしまうかもしれない。

となると、次によさそうなのはアマリリス様だろうか。

うーん、しかしアマリリス様は色々とよくわからない方だ。

陛下のお渡りがあっても、具合が悪いと言って毎回追い返しているようだし、正妃や側妃の座に興味がないのかもしれない。

あれこれ考えてはみるが、そんなに都合よくはいかないものだ。

有能な側妃がいたとしても、エマーシェル様がお飾りの正妃になってしまってはいけない。ただ寵愛されるだけの正妃など、笑いものにされるだけだ。

我が国の王妃殿下が、国内からお飾りという評価を受けるのは、私としても喜ばしくない。

正妃の評価は、その夫である国王の評価にもなる。なので、仮にエマーシェル様が正妃になるとしたら、きちんとした正妃になっていただけるようサポートしたい。

私も一応、侯爵令嬢だから、王族に嫁ぐことを想定して教育されている。だから必要最低限のことならお教えできるだろう。

ディアナ様は公爵家の令嬢で、もっとも正妃の座に近いと言われている方だから、そういう教育もばっちりのはず。ディアナ様と協力すれば、なんとかなるだろう。

「うん、きっと大丈夫よ！」

思わずそう声に出してしまった。

侍女たちに「どうなさいました？」と問いかけられたので、考えていたことを伝えたら、苦い顔をされてしまう。「レナ様、やっぱり正妃の座を狙いましょう？」などとも言われたけれど、なにを言っているのやら。

陛下とエマーシェル様の仲について、さらに詳しく調べつつ、エマーシェル様の正妃教育についても準備しておこう。

そう考えた翌日、私はディアナ様に会いに行った。

「アースがエマーシェル様を正妃にと望むようでしたら、彼女に正妃教育を行いたい……ですか」

ディアナ様も侍女たちと同じように苦い顔をしていた。というより、なにか言いたいことがあるような顔、というべきだろうか。

「駄目でしょうか？」

「駄目ではないですわ。けれど、そういうことではなくてですね……いえ、なんでもないですわ。とにかく私は、レナ様がもっと自分の気持ちに素直になって、幸せになろうとしてもいいと思うんですの」

「なにをおっしゃっていますの？　私はいま、陛下のためにこうして力を尽くすことができて、十分幸せですわ」

本心からの言葉を口にすると、ディアナ様はますます表情を歪め、それ以上なにも言わなかった。

私のせいでディアナ様がそういう表情をしていらっしゃると思うと、なんだか悲しくなる。

協力者であるというのに、ディアナ様が本心を語ってくださらないこともまた、悲しくなる。

いと思ってしまう理由の一つだった。

私はディアナ様の信頼を得られていないのだろうか？

もっとも、誰にだって秘密はあるものだ。人に全てをさらけだすなんて、滅多にできるものではない。

そもそも女には秘密が多い。いかに親しい相手とはいえ、わからないこともあるものだ。

それが貴族であれば、なおさら秘密は多くなる。だから、ディアナ様が私に対して本心を語らないのは、当然といえば当然なのかもしれない。

「レナ様は、アースのために力を尽くすだけで、満足していらっしゃるのですか？」

「満足もなにも、これ以上の幸せはありませんわ。あの方のためになにかできるというだけで、私は最高に幸せなのです」

ディアナ様がなにを聞きたいのか、私にはさっぱりわからない。

「ディアナ様。そもそも私は、あの方の力になるためだけに、自分をここまで磨いてきたのですわ。あの方のためだと思っていたからこそ、ここまで頑張ってこられたのです」

ディアナ様はなにを懸念（けねん）しているのだろうか。彼女は相変わらずなにか言いたそうな顔をしているけれども、それはあえて無視する。

「いま、私はあの方の妃の一人ですわ。あの方に触れてもらい、畏（おそ）れ多くも抱いていただけるのです。そして後宮という、王宮の内側にいるからこそ、あの方のために行動できるのですわ」

本当にそうなのだ。これ以上の幸福を求めるはずがない。

「ディアナ様はもっと幸せになろうとしていい、などとおっしゃいますが、私は本当にこれ以上ないほどの幸せを感じておりますの。あの方が愛しい方を見つけ、その方を正妃にするための手助けができるなんて、心の底から嬉しいと思いますわ」

「……そう、ですか」

私の答えに、ディアナ様はやっぱりどこか不服そうだ。

どうしてなのかしら？

満足しているのか、と私に聞く人は、ディアナ様以外にもいる。

侍女たちからも、正妃の座を狙えばいいなどと言われるけれど、そんな畏れ多いことはできない。あの方が私を求めているわけでもないのに、厚かましくもあの方の隣に並ぼうとするなど、私には考えられなかった。

まったく困ったものだ。私は、心からいまの生活が幸せだと思っているのに。

＊

「レナ様にも困ったものですわ」

ディアナ様が目の前で困ったように笑っている。

私——サンカイアは自室でディアナ様から話を聞いて、同感だとうなずく。

「レナ様に正妃になりたいと思ってもらうためには、どうしたらいいのでしょうか？」

レナ様は可愛いけれど、物わかりがよすぎるのだ。

「……やはり、アースからレナ様を正妃にしたいと言ってもらうのが、一番有効なのではないかと思いますわ」

「でも、陛下はレナ様の行動を不審に思っておられるのですよね？」

レナ様は物わかりがよすぎるのに加えて、素(す)の自分を見せないようにしようと、完璧な令嬢の仮面をかぶっている。そのこともあって、陛下にとってのレナ様は、優秀だがどこにでもいる普通の妃でしかないのだ。

そんなレナ様が、自分の知らないところで普通ではない行動をしていると聞いて、陛下はいぶかしんでいるという。

あんなに可愛いレナ様を疑っておられるなんて、陛下は本当に見る目がない。

まぁ、これは私がレナ様の本意を知っているからこそ感じることである。

好きな人のためになにかしたいなどという理由で、後宮で暗躍する妃なんて前代未聞だ。普通はなにか企てているのではないかと考えてしまうだろう。

「そうですわね。アースってば、レナ様がいくら完璧に演技をしているからといって、あの可愛さがわからないなんて。私はレナ様の気持ちをアースに言わないと約束してますから、勝手に伝えるわけにはいかないですし……そもそもあの疑心暗鬼なアースが、私に言われたくらいで信じるとは思えませんわ」

「でも、誰かが後宮の平穏を保っていることには、陛下も感づいておられるのですよね?」

「ああ、そうみたいですわ。誰が動いているのかということには興味があるようなので、それがレナ様だと知ったら、もう少し関心を向けると思います」

「ならば、陰の功労者がレナ様であるというのを、積極的に匂わせていきましょう。こういう時は、じっくり少しずつレナ様のことが気になるように仕向けていくのがよろしいですわ」

「そうしましょう。アースはじわじわとレナ様を気にして、惹かれていけばいいんです」

「妙な動きをして、私たちがレナ様に嫌われても困りますしね。本格的に行動を開始するのは、あの伯爵令嬢の二人をどうにかしてからでしょうか」

「ええ、それがいいですわ」

私たちは、そんな会話を交わしながら、レナ様を正妃にするべく結束を固めるのであった。

＊

私――レナ・ミリアムはその日、いつものようにカアラたちからの報告を聞いた後、後宮をのんびりと散歩していた。

歩きながら、エマーシェル様のことを考える。

陛下とエマーシェル様が庭園で密会していたのが、約一週間前のこと。

エマーシェル様を守るための工作は行って（おこな）いるものの、いまだ陛下がエマーシェル様に恋愛感情を持っているかどうかわからないので、これ以上は行動しようがない。

焦りは禁物だ。

焦って行動すれば、失敗が多くなってしまうものである。必要なのは冷静でいること。

そしていま、なにを一番にすべきか考えることだ。

大好きなあの方を幸せにするためなのだから、気を抜くなんてできない。

あの方を幸せにするための過程で、間違いを犯したくはない。一つでも間違えば、未来がどのように転がるかわからないのだから。

頑張ろうと気合いを入れていると、アマリリス様に遭遇した。

「あっ」

アマリリス様は私に気づいてそんな声を上げた。ここで出会ってしまったのは、本当に偶然だったのだろう。

「ごきげんよう、アマリリス様」

私はそう声をかける。

それにしても、アマリリス様を見るのは随分久しぶりなように思う。

アマリリス様は与えられた部屋からほとんど出ない。陛下からのお渡りも、相変わらず拒んでいるようだ。

ベッカ様とリアンカ様は、そんなアマリリス様のことを馬鹿にしているらしい。

「ごきげんよう、レナ様」

アマリリス様は前に会った時と同様、見る者を癒やしてしまうような、優しい笑みを浮かべていた。

本当に綺麗な方だ。

美しい深紅の髪は、何度見ても感嘆の声が漏れてしまう。

アマリリス様ならば、陛下の隣に並んでも見劣りしない。

陛下の正妃になってもおかしくないと思う。

「アマリリス様。お時間があればでいいのですが、私とお話ししませんか」

私はアマリリス様がどういう思いで後宮にいて、どういう考えを持っているのか知りたかった。

エマーシェル様が正妃になった場合には、優秀な側妃がいたほうがいいだろう。アマリリス様はその候補の一人だ。

情報収集はどうしても欠かせない。

これまでも調べていなかったわけではない。でも、アマリリス様に関してはよくわからないことが多かった。

私の言葉に、アマリリス様は困った顔をした。するとアマリリス様の周りにいた侍女たちが、彼女を守るかのように前に出る。

アマリリス様は、侍女たちに愛されているのだろう。

「私と、お話ですの？」

「ええ、そうです。私はアマリリス様に興味がありますわ。いままでゆっくりお話しする機会がありませんでしたから、この機会にご一緒させていただけないかと思いましたの」

そう正直な気持ちを口にする。

アマリリス様の侍女たちが、こちらを怪訝(けげん)そうな目で見ている。けれど私は、じっとアマリリス様を見つめていた。

彼女はしばらく黙っていたが、そっと口を開(ひら)く。

「……そうですわね。お話ししましょうか」

そう言って笑ってくれたのであった。

そして私はいま、アマリリス様の部屋にいる。

この部屋に足を運んだのは、初めてのことだ。

シーツやカーテンにフリルがふんだんに使われており、大変可愛らしかった。おそらくアマリリス様は、こういうものが好きなのだろう。

この部屋にいると、なんだかほのぼのとした気分になってしまう。

「可愛らしい部屋ですわね」

「ふふ、恥ずかしながら、この歳になってもこういうものが好きなのですわ」

少し恥ずかしそうに微笑むアマリリス様は、それはもう愛くるしかった。

どこかぽやっとした雰囲気があり、見ているだけで癒やされる。けれど貴族の令嬢としての作法は完璧で、そういうところに好感が持てた。

「そうなのですか。いいと思いますわ」

素直にそう思う。癒やし系のアマリリス様には、こんな可愛らしい部屋がよくお似合いだ。

「アマリリス様、私は貴方にお聞きしたいことがあるのです」

私の言葉に、アマリリス様が表情を硬くした。なにを聞かれるんだろうと警戒したような目でこちらを見る。

アマリリス様の後ろにいる侍女たちも同様だ。アマリリス様のことを心から慕っているのだろう。その様子に、思わず笑みが零れそうになる。

貴族にとって、信頼できる者が傍にいるというのは、それだけで幸せなことなのだ。一番近くにいる侍女であっても、信頼関係を結べない場合も多々ある。

だけど、アマリリス様と侍女たちの間には、確かな絆が存在しているようだった。

「そんなに硬くならないでくださいませ。私が聞きたいのは、たった一つのことだけですわ」

そう前置きをして、私は本題に入る。

「アマリリス様は陛下のことを、どうお思いですか？」

私が知りたいのは、それだけだ。アマリリス様には直球で聞いたほうがいいと思ったから、この機会に聞いてみた。

体調不良を理由に部屋にも入れないというのだから、アマリリス様は陛下に対してい い感情を持っていないのかもしれない。少なくとも、抱かれたいとは思っていないのだろう。

私の問いに、アマリリス様と侍女たちは息を呑んでいたけれど、そこまで深刻な質問ではないと思う。

「どうかそんなに緊張なさらないでください。私は自分のやりたいことのために、アマリリス様のお考えを知りたいだけですから」

「やりたいこと？」

「ええ。私はある方に幸せになってほしいのですわ」

にっこりと笑ってそう告げた。

「幸せになってほしい？」

「ええ、そうですわ。私の望みはただそれだけ。そしてその望みのために、アマリリス様がどのようなお気持ちなのか知りたいのです」

そう言うとアマリリス様は、なんとも言えない顔をした。

「……私は陛下が嫌いなわけではありません。ただ、好きでもない方に抱かれたくないという我儘で、陛下を拒絶しているだけですわ。そもそも私は、王命でなければ後宮になど入りたくありませんでしたから」

「そうですか。後宮生活はいかがですか？」

「……正直、領地に帰りたいですわ。あまり落ち着かないので」

それだけで十分だった。

陛下を好いておらず、王宮生活も好まないというのならば、側妃にもなりたくないだろう。

側妃になってエマーシェル様の手助けをしてもらうのは難しそうだ。

「答えていただき、ありがとうございました。それだけお聞きできれば十分です。では、失礼しますわ。アマリリス様」

私はこれからどう動くべきか考えながら、アマリリス様の部屋を後にするのであった。

＊

私の名前はチェリ。レナ様に仕えている侍女だ。

好きな人の幸せを願い、物思いにふけるレナ様は、それはもう可愛らしい。

どこまでも一生懸命で、まっすぐで……そんなレナ様は眩しくて、彼女以上に好きな人などいない！

ああ、もちろん、これは親愛とか友愛とかそういう種類の『好き』だ。恋愛という意味ではないので、あしからず。

とはいえ、私はレナ様が大好きすぎて、男になんて目がいかない。

そんな私だから、ディアナ様とサンカイア様が結成した『レナ様を正妃にしようの会』にも参加している。

ただ、レナ様にバレるといけないので、こっそりと。たいてい、レナ様に情報収集を頼まれた時や、ディアナ様たちに手紙を持っていく時にそういう話をしている。

レナ様はあんなに可愛くて完璧で、一生懸命なのだから、正妃にぴったりだと私たちには思えた。

　サンカイア様は『レナ様が正妃になれたら、どれだけ幸せそうに笑うのかが見たい』とおっしゃっていた。それには、私も心底同意する。ただでさえ可愛いレナ様が、もっと可愛い姿をさらすところを私も見たい。凄く見たい。

　そう願う私の目の前には、ディアナ様がいる。

　レナ様からの言いつけで後宮を見て回るついでに、ディアナ様の部屋に立ち寄り、こうして密会しているわけだ。

「ディアナ様、どうかされましたか？」

　なにか言いたそうにこちらを見ていたディアナ様に問いかける。

「キラ……私の幼馴染(おさななじみ)と、先日こちらで会ったの」

　キラ様とは、確かディアナ様の思い人だと聞いている。『レナ様を正妃にしようの会』に参加してから教えていただいた。

「アースに呼ばれて行ったら、そこにキラがいて、『いつまで後宮にいるつもりだ？』と聞かれてしまったの」

　困ったように、だけど嬉しそうにディアナ様は笑った。

　キラ様に恋しているからこその笑みだと思うと、ディアナ様を可愛いと思ってしまう。

不敬だし、言わないけれど。

「その時に、アースの正妃が決まるまでは後宮にいると答えたのだけど、キラは私のことをよくわかっているのよね。なにか理由があるだろうと言われて、レナ様のことを話したの。そしたら、会わせろって。レナ様を見てから判断するって言うのよ」

「そうなのですか」

「ええ。納得できなかったら、すぐ後宮から出るようにと私に言うつもりなんでしょう」

「そうですか……。でも、キラ様がレナ様に会えば、ディアナ様の手伝いたい気持ちも通じると思いますよ」

「私もそう思うわ。けれど私からも説明するつもりよ。私はレナ様が正妃になるためのお手伝いをしたいもの」

「そう言っていただけて嬉しいです。私たちもディアナ様の協力があったほうが動きやすいです」

「……とりあえず、リアンカ様とベッカ様の件が片づいてから本格的に動くとして、レナ様の可愛さが自然な形で伝わるようにしたいと思っているの。まずはアースに、後宮の平穏を保っているのがレナ様だってことをそれとなく伝えていくつもりよ」

ディアナ様がそう言う。

「はい。私もそれがいいと思います。ディアナ様のお話を聞いている限り、陛下はレナ様を疑っていらっしゃるようですから、レナ様のよさをゆっくり伝えていくのがいいと思いますわ」

「ええ」

腹立たしくて仕方ないことだが、私たちの可愛いレナ様は陛下に怪しまれている。

ただ、客観的に見てみると、レナ様を疑いたくなる気持ちもわからなくはない。そういう現状だから、本当のレナ様について少しずつ知ってもらうのがいいと思う。

可愛いレナ様。私たちが一生仕えたい主。

私たちはレナ様が可愛くて仕方がないからこそ、今日も一生懸命頑張っている。

＊

私――レナ・ミリアムは自室の椅子に腰かけながら、色々と考えていた。

陛下とエマーシェル様が庭園で密会を始めてから約一ヶ月。いまのところ、陛下がエマーシェル様のもとへ夜にお渡りになることはない。昼間に庭園などで密会しているだけだ。

そして最近、その頻度が増えている。そのため、陛下が後宮のどこかに来ているらしいという噂は広がりつつあった。誰と会っているのか、ベッカ様やリアンカ様は探り始めたようだ。もちろん、陛下もそういう噂が広がらないように、最低限の対策をしている。けれども、全てを隠し通すことは無理だ。そこに事実がある限り、少なからず痕跡は残る。

私はエマーシェル様と陛下が会っていることをごまかすために、色々な工作をしていた。陛下が後宮を訪れている時に、エマーシェル様をどこそこで見たなどと偽の情報を流したり、侍女の一人をエマーシェル様に変装させて、後宮内を歩かせたりしている。もちろん、陛下が私のもとに来ているという噂も流していた。

「……レナ様、もうそろそろ、自分から標的になろうとするのはやめてください」

「ふふ、いいのよ、カアラ。だって、皆が守ってくれているでしょう？　それに、私も簡単にはやられないもの。エマーシェル様が狙われたら大変だけど、私なら対処できるわ」

嫌がらせはされているけれども、特に問題はない。

一つ懸念があるとすれば、私がそういう噂を流していることを陛下に知られたら、嫌われるかもしれないということだ。それを思うと悲しくなる。

けれど、あの方のためなのだから、私はなんだってするつもりだ。

侍女とそういう話をしてから数日後、陛下はまた私のところを訪れた。

「おい、レナ・ミリアム」

四度目の陛下の夜のお渡り。情事の後、陛下に声をかけられた。

その言葉には、欠片(かけら)も優しさはない。

ああ、この方は私のことを色々と疑っておられるのだ。

私は陛下のためを思い、陛下の大切なエマーシェル様のために動いているつもりだけれども、それを陛下に伝えるつもりはない。

レナ・ミリアムという存在を、陛下がその胸に刻む必要はない。

私はただ、目の前にいるこの方が、笑ってくれればそれでいい。

「なんでしょうか」

努めて冷静に問い返す。

「お前は、こそこそとなにをしている?」

美しい瞳には、疑惑の色が浮かんでいる。

ああ、ぞくぞくする。陛下が私のことを見てくれている。私を視界に入れている。それだけで、どうしようもなくこの心は高揚(こうよう)する。

「なんのことでしょうか。私は陛下が心配なさるようなことは、なにもしていませんわ」

私が侍女を使って色々調べていることだろうか。

ディアナ様やサンカイア様と親しくしていることだろうか。

それとも、陛下が私のもとに訪れているという噂を流したことだろうか。

「――俺が、お前のもとに通っているなどというわけのわからない噂のことだ。流したのはお前だろう？　なにがしたい？」

「陛下の不都合になるようなことは、一切しませんわ」

それは心からの言葉だった。

だから、まっすぐに陛下の目を見て告げた。

私が、陛下の不都合になるようなことを行うはずがない。私の言葉は、行動は、全て陛下のためにあるのだから。

だけど私の言葉は、陛下には正しく届かない。

「はっ」

まるで私の言葉を信じていないとでもいう風に、不機嫌そうな表情を浮かべて、陛下はそのまま部屋から出ていった。

陛下が、私の部屋で一晩を過ごすことはない。行為が終わると必ず帰っていく。

そうすることは、王として必要なことだ。野心に溢れた妃は、陛下が寝ている間になにをしでかすかわかったものではないのだから。

「……っ」

　体を動かそうとすると、下腹部に痛みが走った。

　ああ、でも痛みでさえも、陛下が与えてくれたものだと思うと愛(いと)しく感じてしまう。

そんな私は本当にいろんな意味で重症だ。

あの方のことが、愛(いと)しくてたまらない。抱かれたという事実が嬉しい。

ついニヤニヤしてしまう。

　陛下の前では、感情を顔に出すなどという恥ずかしい真似はできない。けれど一人になると、あっという間に表情が崩れてしまう。

　疑いの目で見られるのは悲しい。陛下にそういう目で見られると、なんとも言えない気分になる。

　でも、疑いの気持ちからだったとしても、陛下が私に声をかけてくださるのは、嬉しい。

こんなに私の心を動かせるのは、あの方だけだ。

疑われたっていい。あの方が幸せになれるなら。

＊

それから数日経った、ある日の昼下がり。

調べ物を頼んでいたメルが部屋に戻ってきて、「ディアナ様がレナ様を呼んでいます」と言った。

指定された場所は、ディアナ様の部屋ではなかった。

後宮には外から来た人と面会するための部屋があり、ディアナ様が指定してきたのは、そこだった。以前サンカイア様がヒィラネア様を招いた時に使った部屋だ。

ディアナ様からこんな風に突然呼び出されたことはない。

だからなにかあったのではないかと少しヒヤヒヤした。

でも、呼び出されたからといって、すぐに飛んでいってはいけない。

ディアナ様に会うのだから、準備がいる。

とりあえず、後宮内で侮（あなど）られない程度に身なりを整えた。メルたちが「美しいですわ、レナ様」と褒めてくれるくらいの服装だ。

それから急いでディアナ様の指定した場所へと向かった。

コンコンとノックをして部屋の中に入ると、ディアナ様と、ディアナ様の侍女、そして一人の青年がいた。

青年は、見る者を魅了するような美しい人だった。赤い髪をしていて、黄色い瞳でこちらを見定めるように見ている。

私は彼を知っている。親しいわけではないけれども見たことはあるし、噂も聞いていた。

その美しい人の名は——キラ・フィード。

陛下とディアナ様の幼馴染である、騎士団長の息子だ。

本来、後宮の妃が外部の男性と会うのはなかなか難しいことだけれど、キラ様は陛下と親しいから、こんなところまで来られたのだろう。

「ディアナ、こいつがそうなのか？」

キラ様が私のことをまじまじと見て言う。

「こら、キラ。レナ様にこいつなどと言ってはいけませんわ」

ディアナ様は彼を咎めるように言った。それだけの会話でも、ディアナ様とキラ様の仲の良さがよくわかる。

前にディアナ様がこの後宮にいる理由は、キラ様の気を引くためだなんて言っていたけれど、ここにキラ様がいるということは、その試みが上手くいったということなのだろうか。ディアナ様が後宮に妃としているのが嫌で、彼は連れ戻しに来たのかもしれない。

それからディアナ様は侍女たちを部屋の外に出した。

「それで、ディアナ様。今日はどのようなご用件でしょうか」

私が問いかけると、ディアナ様は少し困ったような笑みを浮かべて、キラ様へと視線を移した。私に用があるのは、ディアナ様ではなくキラ様のほうなのだろうか。

「……俺はディアナを迎えに来た。なのにディアナは、まだ後宮を出ないと言っている。その原因がお前にあるようだから、直接会って話をしたかったんだ」

「え？」

キラ様の言葉に、私は驚く。

貴族の令嬢として、どんな時でも表情を崩してはならないと理解しているのに、思わずぽかんとしてしまった。

キラ様の言葉から推察するに、ディアナ様の目的は果たされたということだろう。

でも、私が原因で後宮から出ないとは、どういうことだろうか。

「私はレナ様の力になると約束しましたわ。それは私の本心ですもの。だから、まだ問題が片づいていないのに、後宮を後にするわけにはいかないのです」

「そんな……キラ様が迎えに来ていらっしゃるのですから、私のことなど気にせず後宮を出ていただいても大丈夫ですわ」

確かにディアナ様は、力になると言ってくれた。けれども、それは単なる口約束にしかすぎないし、そのことを気にして後宮に滞在し続ける必要性はない。

私の言葉に、ディアナ様は笑っていた。

「レナ様、私はここに残って貴方のお手伝いをしたいと思っているんですの。アースに幸せになってもらいたいのも本音ですが、私はなによりも、レナ様、貴方の力になりたい。そう思うぐらいには、私は貴方を気に入っていますもの」

ディアナ様は、それはもう美しい笑みを浮かべていた。

そんなことを言うディアナ様の隣では、キラ様が面倒くさそうにため息をついている。

「レナ様、確かに私がこの後宮に入ったのは、キラのことがきっかけでした。その問題は既に解決しておりますわ。でも、私にはこの後宮に留まりたい理由ができたんですの。それが、レナ様です」

笑みを浮かべたまま、ディアナ様は続ける。

「私は貴方のお手伝いをしたい。一生懸命頑張るレナ様を手助けしたい。レナ様が頑張る姿を見て、私はそう思いましたの。だからね、レナ様。私は全てを見届けるまでは、この後宮を去りたくないのですわ」

まっすぐにこちらを見つめるディアナ様の目には、少なくとも偽(いつわ)りは見えなかった。

「レナ様。私にお手伝いをさせてくださいませ」

笑みを浮かべてそう言い切ったディアナ様に、私は反論できなかった。

キラ様がディアナ様の横でまたため息をつき、ジロリとこちらを睨(にら)む。キラ様としては、さっさとディアナ様を後宮から連れ出したいのだろう。

ディアナ様はキラ様のことが好きで、気を引きたくて後宮に入ったはずだ。その結果、キラ様はディアナ様の望み通り、こんなところまで彼女を迎えに来ている。

ということは、二人は両思いなのだろうし、キラ様はディアナ様がいつまでも陛下の妃として扱われるのは嫌だろう。

陛下に願い出てさっさとディアナ様を後宮から出してもらい、結婚したいとでも考えているのかもしれない。

そんなことを考えると、つい笑みが零(こぼ)れた。

貴族間で恋愛結婚というのはあまりないことだけど、私はそういうのが好きだ。政略結婚もありだけど、そこに感情があったほうが互いに幸せになれると思うから。

「おい、お前、なにを笑っている」

「ディアナ様とキラ様は、仲がよろしいのだなと思いまして」

少し笑いながら告げると、キラ様は驚いた顔をした。

ディアナ様がその隣でにこにこと笑っている。

その後も、キラ様が何度か私に突っかかってきたけれど、結局は仲良くなれたのだった。

＊

「……キラが後宮に来た時に、レナ・ミリアムも呼び出された？」

執務室で側近のトーウィンからその報告を聞いた時、俺はますますレナ・ミリアムのことがわからなくなった。

あのディアナがキラと会わせたのだとすれば、レナ・ミリアムのことをよほど信頼しているのだと思う。でも、そんな人間が後宮に偶然いるだろうか。

腹に一物抱えた人間が集まる後宮で、ディアナがそこまで肩入れするなど、逆に怪しい。

俺がレナ・ミリアムのもとへ通っているという噂も、レナ・ミリアム自身が流しているようだ。自ら狙われようとするなど、なんの目的があってのことなのか。危険を承知で『国王の寵愛』という箔をつけようとでもしているのだろうか。

本当に、なにを考えてそういう行動を起こしているのか、さっぱりわからない。わからないからこそ、怪しいと思う。

ディアナが騙されているのではないかとも考えてしまう。なぜなら、ディアナに肩入れする理由をレナ・ミリアムに聞いても、俺が納得するような答えを言わないのだ。

なにを考えているかわからなくて、わざと乱暴に抱いた。こちらがそういう態度をとれば、なにかしら反応が返ってくるのではないかと思ったからだ。

こちらを睨みつけたり、泣いたり、そういった感情を出してくるのではないかと思った。けれど、レナ・ミリアムは平然としていて、ボロを出さなかった。

やはり、なにを考えているかわからない。

夜伽の場で、妃たちの性格は結構わかるものだ。普段は取り繕っていても、本性が出やすい。

でも、レナ・ミリアムは違った。俺に対してどう考えているかも、なにをしようとしているのかもさっぱりわからない。

そんなことを思い出していると、トーウィンが意見してくる。

「ディアナ様が陛下に害をなすことはないでしょうし、そこまで心配しなくても大丈夫だと思うのですが……」

「そうはいっても……怪しいものは怪しいだろう。お前はレナ・ミリアムの侍女を好いているから、見る目が甘くなっているんじゃないか？」

「それは、そうかもしれませんが……」

トーウィンも、レナ・ミリアムのことを疑う必要はないと言っている。しかし、だからこそ危険だと感じるのだ。

レナ・ミリアムが彼らを騙（だま）していて、なにかよからぬ行動を起こそうとしている……その可能性を考えなければならない。

「少なくとも、本当にレナ・ミリアムがこちらを害する存在でないとわかるまでは、安心できない」

「まぁ、そうですね……。なにかあってからでは遅いですからね。ディアナ様だけではなくて、サンカイア様ともいい関係を築いているようですし、後宮で力を付けていることは間違いありません」

「ああ」

レナ・ミリアムがなにか企（たくら）んでいるのならば問題がある。なぜなら、ディアナをはじめ、後宮の有力者を味方に付けているからだ。だからこそ、警戒しなければならない。

「あ、陛下。そういえば、差出人不明の手紙がこちらに届いていました」

「手紙？」

「はい。その内容が興味深いものでして。誰がどういう意図でこの手紙を送ってきたのかはわかりませんが、一応目を通しておいてください」

トーウィンがそう言って一通の手紙を差し出してくる。

そこに書かれていたのは、簡潔な一言だった。

*

エマーシェル様に害が及ばないように、私は自分が標的になるための噂を流した。

私が流した噂は、『陛下がレナ・ミリアムのもとに通っている』という、それだけのものだ。

もしこれが、『レナ・ミリアムを正妃にしようとしている』とかだったなら、嫌がらせよりもっと過激な……命を狙われるようなことも起きるだろう。

正妃という地位は、それだけ魅力的なのだ。

正妃になりたくて必死なベッカ様とリアンカ様は、私を後宮から排除したくてたまらないに違いない。

前のお茶会の時に恥をかかせたこともあって、私のことを嫌っているのは明白だ。

「……やはり、私を標的にするように仕向けたのは正解だったわね。エマーシェル様はこういう嫌がらせには、決して耐えられないでしょうから」

「もー。レナ様は、どうしてそんなに……」

私の言葉を聞いて、チェリたちが不機嫌そうに言う。

けれど私はそんなことには構わず、これからの算段を付けていた。

もっと色々なことを探って、陛下がどういう思いでエマーシェル様に会っているのか知っておきたい。

でも、私がよかれと思って行動をしたことで、陛下のご迷惑になるような事態は避けなければならない。

「また、ディアナ様とお話ししなければなりませんわ」

陛下のお心を知らなければ、動きようがない。

私は陛下から信用されていないし、後宮に残ってくださると言ったディアナ様に、ありがたく力を借りよう。

「もうすぐ二度目のパーティーが開催されるし、色々気をつけなければ。皆、そのために情報収集をお願いね」

今度、またパーティーが行われるのだ。そこでエマーシェル様が陛下の関心を得ていると他の妃たちに悟られてしまうかもしれない。

そうならないように動くことと、そうなっても対処できるようにしておくことが重要だ。

それに、ベッカ様とリアンカ様だけを注視しているわけにもいかない。

野心というのは、誰でも持っているものであり、誰かが突拍子もない行動に出る可能性だって否定できない。

「陛下を幸せにするために、頑張りましょう」

そう言うと、チェリたちはなんとも言えない表情を浮かべた。けれど、私は見ないふりをした。

後宮で過ごしていると、情報というものが本当に大切だと実感する。

私がもっとも得意とする戦い方は、『情報戦』かもしれない。

護身用に武術の基礎は学んでいるけれど、暗殺者などと対峙したら力ではかなわない。

でも、たった一つの情報を盾にして、刃を振り下ろすのをためらわせることもできる。

いま侍女たちに頼んでいるのは、ベッカ様とリアンカ様の情報収集だ。

私は彼女たちが、今度行われるパーティーでなにか事を起こすのではないかと思っている。

パーティーとは、人が集まる場だ。人が一ヶ所に集まるからこそ、それ以外の場所に隙が生まれ、闇夜に紛れて悪事を行いやすくなる。会場は後宮の外だから、外部の者とも接触しやすい。

もちろん、なにも起きない可能性もあるのだが、警戒するに越したことはない。

というわけで、侍女たちから集めた情報を報告してもらったのだけれど……。

「ベッカ様が誰かと密会していたのね」

「ええ、そうですわ。レナ様」

カアラから、ベッカ様が外部の者と密会していたという報告を聞いた。ただ、遠目に見ただけらしく、相手が誰だとかそういう詳しいことはわからない。

でもベッカ様が密会していたとなると、悪い想像しか浮かばない。

ベッカ様は正妃になりたいと思っているのだから、陛下の子を宿したいと願っていることだろう。

だから、ベッカ様が密会していた相手が男だったらまずい。陛下以外の相手とそういう行為をし、妊娠したら、陛下の子供だと言い張るつもりかもしれない。

陛下の妃でありながら、そういうことをしようという考えは理解できないが、そんな方法もあるのだと伯母様にも教えられた。

陛下の子供を身ごもったとなれば、それだけで正妃になれる可能性がぐっと高くなる。けれど密会がバレたら不貞を疑われるだろう。子供ができたと主張しても密会の事実があれば、陛下の子とは認められない。

「ベッカ様が不貞を働いている可能性はある？」

「不貞を働いているか、あるいは暗殺を企んでいるか、そんなところではないでしょうか？」

どちらにしても好ましくないことである。

「暗殺でしたら、私共が対処しますわ。レナ様には指一本触れさせません」

カアラがにっこりと微笑んでそう言ってくれる。

私の侍女たちはなんて頼もしいのだろうか。この子たちがいるから、私は後宮でも安心して過ごしていける。

「不貞の場合は、どうしましょうか」

「ベッカ様が密会しているという証拠をつかんでおきましょう。そうすればベッカ様が妊娠した際に、本当にそれが陛下の子だったとしても、彼女が正妃になるのを阻止できるでしょう。カアラ、これから忙しくなるわ。引き続き情報収集をお願いね」

「はい、レナ様。一生懸命頑張ります」

優秀な彼女たちを使って、もっと色々な情報を集めなければ。

そんな会話を交わした数日後、暗殺者が私に差し向けられた。

私が陛下から寵愛を受けているという噂を聞いて、誰かが私を排除しようとしたようだ。

私が死ねば、自分が正妃になれるというわけでもないのに。

「本当に……誰だか知らないけれど、そんなことも考えずに、暗殺者を差し向けるなんて愚かなことだわ」

私は散歩から部屋に戻ってくるなり、ここに暗殺者が潜んでいたという話を、チェリから聞いた。

「レナ様に暗殺者を差し向けるなど、愚かなことですわ」

「レナ様のことは私たちが守りますから」

チェリとメルがそう言って私を見つめている。フィーノには、エマーシェル様の護衛に行ってもらっていた。

「ありがとう、二人とも」

チェリやメルには、暗殺者にも対処できるように武術を習わせた。

暗殺など、未遂も含めれば貴族社会ではありふれていることである。実際に、私も暗殺者に狙われたことがある。ミリアム侯爵家の娘として、それは仕方がないことだ。権力者の娘を殺して、その勢いを削ろうとするようなことはよく起きる。

私が初めて暗殺者を差し向けられたのは、確か十歳ぐらいの時だ。

その頃はもうあの方への愛情を胸に抱き、一生懸命侍女を育成して自分を磨いていた。

お父様をよく思っていない貴族が黒幕だったのだが……私は初めて暗殺者を差し向けられたのもあって、怖くて震えていた。その頃の侍女たちはまだ未熟だったので、対応に苦労していたものだ。

どうにか誰も死なずにはすんだけれど、あの時は本当に死を覚悟した。

その後も、私は怖くてしばらく部屋にひきこもっていたのである。

でも、陛下のために行動するのならば、暗殺にだって対応できるようにならなくては、と思ってひきこもるのをやめたのだ。

貴族とは、色々なところで恨みを買うものだ。誰にも恨まれずに生きていける貴族なんていない。

エマーシェル様が正妃になることがあれば、彼女は貴族社会の闇に呑まれ、いまのように純粋で無垢なままでは決していられないだろう。

それを考えると……エマーシェル様が正妃になったとしても、そのうち陛下が惹かれている純真無垢なエマーシェル様ではなくなってしまうのかもしれない。

なんとも複雑である。

「黒幕は聞き出したのよね？」

「聞き出そうとしたのですが、その前に自害されてしまい、特定できませんでした」

チェリが悔しそうに答える。

「……そう。せめて誰が黒幕かわかればよかったのだけど……」

とはいえ、おそらくベッカ様かリアンカ様のどちらかだろうと想像はできた。

「ベッカ様の密会の件も、まだ目的がわかっていないのよね？」

「はい。けれどこそこそと密会しているわけですから、後ろ暗いことは絶対にしているでしょうね」

「……エマーシェル様のほうは？」

「レナ様、大丈夫ですよ。エマーシェル様が陛下の関心を得ていることは、まだ知られていませんわ」

「レナ様が寵妃だって噂を、私たちが一生懸命広めていますもの」

チェリとメルが口々にそう言って私を落ち着かせてくれる。

この子たちは私にはもったいないぐらい優秀だ。暗殺者に対処できたのも彼女たちがいたからで、エマーシェル様の侍女なら多分ころっと殺（や）られている。

「ディアナ様の侍女たちもお手伝いしてくださっていますし、大丈夫でしょう」

少し不安そうな顔をしていた私に、メルが言った。

それを聞いて、私は気を引き締める。

「でも、絶対大丈夫というのはありえませんから、エマーシェル様が暗殺されないように、もっと気を配らなければ……」

色々と骨が折れるけれど、私は陛下の幸せのためにやりきってみせるわ！

第五章

陛下はまだ、誰を正妃になさるか決めていない。

そんな中、二度目のパーティーの開催が決定している。

パーティーでなにかを企む妃がいるとしたら、陛下の寵妃と思われている私が狙われるのは当然として、エマーシェル様のことに気を配る必要もある。

ベッカ様とリアンカ様だけでなく、いまは爪を隠している方もいるだろう。

人は千差万別なので、誰がどういう考えを持って、どのように動くかを完全に把握するのは難しい。

それでも、私は陛下の手を煩わせないようにできる限りのことがしたい。

あの方とエマーシェル様の仲を、誰にも邪魔させないようにしよう。

後宮で殺傷事件が起こらないようにもしよう。

陛下が笑っていられるように。陛下が心安らかでいてくださるように。

そんなことを考えながら、パーティーの準備をしていた私は、チェリからある報告を聞いた。

「……誰かが王宮の隠し通路に侵入した跡がある、ですって？」

国王は国の最高権力者である。その分、危険も多く付きまとうものだ。

だから王宮には、隠し通路が存在する。というか、貴族や権力者の屋敷にはたいていある。

なにかあった時、逃げるための通路。

後宮にあるもののうちのいくつかは侍女たちが見つけてきた。

使われた通路は、そのうちの一つだったらしい。

後宮の隠し通路が使われたということは、それ以外の通路にも誰かが侵入している可能性がある。

もし陛下になにかあったら、と不安になってしまう。

陛下の傍には護衛がいるし、あの方自身も強いと聞くから、最悪の事態にはならないだろう。けれど、ただでさえ後宮に暗殺者が現れた後だし、不安になる。

考えることも、やることも本当に沢山ある。

どれから手をつけるべきだろうか。なにをどうしたら陛下のためになるだろうか。ずっとそういうことばかり考えているけれど、なかなか結論を出すのは難しい。

とりあえず、目前に迫るパーティーを、何事もなく無事に終えることが第一だろう。

でも、陛下の身になにも起こらないように、できる限り備えておきたい。

隠し通路から侵入している者の素性と、その侵入者を手引きしている者の正体くらいは調べたい。

「……レナ様、難しい顔をしていますわ」

チェリが心配そうに言う。

「色々やることが多くて、少し考えごとをしていたの」

「レナ様、ご命令をください。私たちがレナ様の望む未来を切り開いてみせますから」

「ふふ、ありがとう」

折角こうして陛下の傍にいられるのだ。後宮にいるからこそできることを沢山しよう。

そして陛下の幸せの糧となれたらいい。

*

「さて、ではレナ様のために、不審な人物がいたら排除しましょう」

カアラがそう告げる。

私――メルディノは彼女と二人で後宮の見回りをしていた。

私たち四人は交代で後宮の見回りをしていて、いまはチェリとフィーノがレナ様の傍にいる。役割分担を決めてきっちりとこなしているつもりだ。

けれど、本当は私もレナ様を傍で守りたい。

いま後宮で真っ先に狙われるとしたら私たちの可愛いレナ様なのだ。

「なるべく警備兵の方々に悟られないよう行動しましょう。陛下のお耳に入って、変に誤解されては大変だわ」

カアラの言葉に私は同意する。

ただでさえ、陛下はレナ様のことを誤解しておられる。

不審な動きをしていると思われたら、最悪の場合あらぬ嫌疑をかけられて、レナ様が後宮から追い出されてしまうかもしれない。

貴族というのは本当に面倒だな、と私はレナ様に仕え始めた時からずっと思っている。

レナ様が貴族でなかったら、こうして貴族社会に関わるなんてことしない。レナ様の命令だから、私たちは大人しく聞くのである。

レナ様はとても魅力的な人だ。表向きの顔ではなく、素のレナ様を陛下に知ってもらいたい。本当のレナ様を知れば、誰だってその可愛さの虜になるはずだ。

「レナ様の命令は、不審な人物を見つけた場合、捕縛して無力化せよということ。そのために全力を尽くしましょう」

カアラの言葉に、私はうなずいた。

それからは、それぞれ単独行動に移る。私はレナ様のお部屋がある南側の担当だ。

私はカアラを信頼しているし、彼女が不審者を逃すとは思えない。

だから私は、自分の担当範囲だけに集中していればいい。

侍女が後宮の警備をしてはならないなんていう決まりはない。それ以前に、そんなことを侍女に頼む妃はレナ様くらいだ。

私たちの存在を悟られないように、不審者を捕縛できれば問題はない。

魔法を使えば色々と楽なのだけど、王宮内で使うと魔力を感知されてしまうから、なるべく使うべきではないだろう。

魔法を使えなくても任務は遂行できる。私たちは、レナ様を守るために色々なことを学んだのだ。

例えば、気配を殺すなんてことはお手のもの。

後宮の警備は厳重で、警備兵が沢山配置されているが、彼らの後ろをすり抜けるのも、楽勝だ。足音を消してさっと移動すれば、彼らは一切気づかない。

怪しい者はいないかと気配を探る。

魔法を使わなくても、これくらいはできる。

そうして周辺を警戒しながら、私はエマーシェル様のことを考えていた。

エマーシェル様は、陛下がレナ様のもとへ通っているという噂を知っているのだろうか。もし知っていたら、それに対して彼女はどう思っているのだろうか。

そんなことを考えていたら、不審な気配を見つけた。

木々の合間に隠れていた私は、素早くその場から出ると、気配のしたほうへと駆け出す。

音は立てない。明かりもつけない。目に魔力を込めているから、闇の中でも周囲の様子ははっきり見えるのだ。これは体の中で魔力の流れを変えているだけなので、魔法として感知されない。魔力を込めることと、魔法を使うことは別物である。

警備兵たちにバレないように移動しなければならないのは、正直面倒だ。

だが、仕方がない。

気づかれないように、彼らの意識の隙を突いて移動する。

怪しい気配の主(ぬし)は黒装束(くろしょうぞく)を身に纏(まと)い、闇に紛れていた。

光の下で見れば不審者であるが、闇の中で見れば違和感はない。

その者は、急に現れた私を見て驚いていた。その一瞬の隙で十分だ。

私は素早く飛びかかって、急所を一突きして気絶させる。私にとって、これぐらい造作もない。

気絶した不審者をどうするかと考えていると、背後でガサッと音が聞こえた。

振り向くと、陛下の側近である、トーウィン・カサル様がいた。

「え……あ……君は、確かレナ様の――」

驚愕して固まっている彼を見た瞬間、焦って反射的に首を強打して気絶させてしまう。

「あ……やってしまいましたわ」

あっけなく倒れたトーウィン様を前に、私はどうしたらいいものかと頭を悩ませるのであった。

＊

私――レナ・ミリアムはパーティーのためにドレスを用意したり、当日の警備兵の配置を予想して穴がないか確認したり、なにかとバタバタしている。そんな中、侍女からある報告を聞いた。

「ええと、なんて言ったかしら」

私は自室の椅子に腰かけながら、思わず聞き返した。

「メルが暗殺者を捕まえたのです。それはよかったのですが、トーウィン様に目撃され、彼を気絶させてしまったそうです」

カアラが冷静に、もう一度報告してくれる。

「……それで、どうしたの？」

「メルはよっぽど強く殴ってしまったようで、トーウィン様はまだ目が覚めていないそうです。メルがそちらの対応をしています」

「そうなの……」

それを聞いて、私はどうしたものかと頭を悩ませた。

後宮に忍び込んでいた不審者。それを撃退できたのはいいことである。

でも、まさかトーウィン様に見られるとは……陛下の側近である彼に、メルはどう説明するつもりなのだろうか。

私の自慢の侍女だから、上手くやるだろうけれど。

「おそらく暗殺者は、レナ様を狙うつもりだったのでしょう。メルがトーウィン様の対応を考えている間に、逃げられてしまったようなので、詳しいことはわかりませんが……」

「……ああ、そうなの」

うなずきながら、残念な気持ちになった。

折角（せっかく）捕まえたのだから、誰に命令されたか吐かせたかった。

でも、陛下の側近がいきなり現れたら、メルが慌ててしまうのも仕方ない。

「メルも詰めが甘いですわ。それにしても、なぜトーウィン様があんな場所にいたのでしょう。彼がいなければ、暗殺者を逃がすこともなかったでしょうに……」

カアラがそう言いながら、はぁとため息をついている。

カアラはトーウィン様のことを情報集めのために利用しているけれども、相変わらずトーウィン様本人には関心がないようだ。少なからず交流しているのだから、もう少し興味を持ってもいいと思うのだけれど。

まぁ、いまはそんなことは置いといて……

「仕掛けてきたのは、ベッカ様かリアンカ様かしら？」

「わかりませんが、そうだと思います。誰かと密会しているベッカ様のほうが怪しいですわ」

「フィーノとチェリも同じ意見？」

「はい。レナ様がなかなか排除できないので、焦っているのではないかと」

「私もそう思います」

あれから陛下は必要最低限しか私のもとを訪れていない。おそらくベッカ様やリアンカ様に対しても同様なのだろう。そんな状況で、寵妃——だと彼女たちは思っている私が嫌がらせにも屈せず平然としているのだ。焦るのも無理はない。

そう考えると、これからもっと過激になっていく恐れもある。

ああ、本当にエマーシェル様のことがバレないようにしなければ。

「……私が狙われるのはまだいいけれど」

そうつぶやくと、カアラたちはすぐに反論してきた。

「よくないです」

「レナ様が狙われるのは嫌です」

「そうですわ」

三人とも、とても真剣な表情だ。

「あらあら。でも、私のことは皆が守ってくれるから大丈夫。問題はエマーシェル様のことよ」

「……そうですね」

「エマーシェル様には守り手がいませんものね……」

「ええ。だから、きっちり情報管理をしなければならないの。けれど、そろそろバレてもおかしくないわ。陛下は実際には、私のところへほとんどいらしていないわけだし……」

加えてトーウィン様のこともある……

私は色々なことを考えて頭を悩ませた。


翌日、トーウィン様についてメルから報告を聞いた。

メルの話によると、トーウィン様には事情を説明して納得してもらったらしい。最初は陛下に害をなそうとしているのではないかと疑われたものの、時間をかけて丁寧に説明して、最後は理解してもらえたという。

私自身は直接会っていないので、彼がどんな風に受け止めているかは、正直よくわからない。

けれど、私の侍女が問題ないと言っているのだから、大丈夫なのだろう。彼女たちは私の不利益になることはしないし、そんな彼女たちを、私は心の底から信頼している。

それに、今回の件では収穫もあった。

トーウィン様から陛下の情報をもらえるようになったのだ。

メルたち曰く、トーウィン様は私がやっていることを聞いて驚いていたらしい。だが、納得もしてくれて、私に協力してくれると言ったそうだ。

エマーシェル様を守ることを考えても、陛下の動向を知れたほうがやりやすくなるだろう。

「……トーウィン様に見られたのはまずいと思っていたけれど、協力者になっていただけたのならばいいことですわ」

「最初は失敗したと思って焦りましたけど、レナ様のためになれて凄く嬉しいです！」

私の言葉に、メルが得意げに笑う。

するとカアラがメルを窘めた。

「メルは反省しなさい。結果的にはよかったですが、彼に見つかるのは予定外のことだったのですから」

カアラが言っていることももっともだ。もしかしたら、ややこしいことになっていたかもしれない。

それにしても、こういう込み入った話をするたびに、新しい侍女たちを追い出さなければならないのは少し面倒だ。

いままであの三人を観察してきて、それなりに信用できるとは思う。けれど、彼女たちの心の内までわかるかというと、そうでもない。

そんなことを考えていたら、外に出していた彼女たちが戻ってきた。

「レナ様、あの、こちらがディアナ様とサンカイア様からの手紙でっ……きゃあっ」

侍女の一人が慣れない手つきでこちらに手紙を差し出そうとして、つまずいた。

それと同時に彼女の手から離れた手紙を、カアラがきっちりキャッチする。

「す、すみません。レナ様。この子ったら……」

別の侍女がそう言って心配そうにしながら、つまずいた侍女に駆け寄る。

「大丈夫？」

床に転んでいた侍女はすぐに立ち上がり、私に頭を下げる。

「ごめんなさい。レナ様」

「謝罪はいいので、これからは気をつけてくださいね」

「は、はい。これから気をつけます!!」

そう言った侍女を見て、元気だなと思う。悪い子ではないけれど、どこかエマーシェル様に似て危なっかしく、ちょっと心配になる。

「そういえばレナ様、よからぬ噂を聞いたのですが……」

彼女はおそるおそる、そう切り出した。

「噂？」

「はい。なんでも、ベッカ様が医者を呼んだらしいと」

それを聞いた私は、じっと考える。

いままでベッカ様は誰かと定期的に密会していた。しかし、それは公になっていない。

それなのに今回のことは、彼女たちのような普通の侍女の耳に入った。つまり密会と違って隠さなくてもよいことなのだろう。

もしかしたら、ベッカ様が自分から情報を流しているのではないかと思ってしまう。

医者といえば……一番考えられるのは妊娠。

陛下は妃たちを抱いているのだから、その可能性は十分にある。

けれどベッカ様は外部の人間と密会していた。そしておそらく、相手は男性なのだろう。だから……もし妊娠したとして、陛下の子であるかはわからない。

陛下の子でない可能性がある以上、彼女に正妃になってもらっては困る。

ベッカ様が男性と密会していることを証明するには、現場を押さえるのが一番だろう。

けれどそれには色々準備が必要だ。

「カアラ」

「はい」

「ちょっと行ってきてくれる?」

私が明確な指示を出さなくても、カアラはなにをすべきなのかわかるはずだ。

「はい。レナ様」

きちんと伝わったようで、彼女はそう返事をして出ていった。

それから、一週間が経過した。

その後の調べにより、ベッカ様が密会している相手は男だと判明した。ベッカ様の部屋に男が入っていくところを、侍女たちが確認してきたのだ。

そんな中、私への嫌がらせは相変わらず続いている。

加えて、妊娠したのではないかと噂されているベッカ様に対しても、同じような嫌がらせが始まったようだ。いまはまだその程度だが、これがエスカレートして暗殺者を送り込まれてもおかしくはない。

もしベッカ様が後宮で亡くなるようなことがあれば、陛下の手を煩わせてしまう。

それに、ベッカ様がもし本当に妊娠しているというのならば、不義を働いていたとしても、おなかの子には罪はない。

不義の子を王家の一員にはしたくないけれど、殺されるようなことは避けたい。だからベッカ様にも護衛をつけることにした。

それにしても……陛下の妃という立場にありながら、他の男に抱かれていたであろうベッカ様には怒りがわく。

陛下の妃になれるという幸福に恵まれたにもかかわらず、そんなことをするなんて。けれどこういう心境になるのは、私が陛下のことを好きで、陛下の妃になれただけで幸せを感じる人間だからだろう。

全ての妃が私と同じ気持ちで後宮に入ったわけではないのだから、他の男との密会を企(たくら)む妃がいてもおかしくない。

そんなことを考えながら、ディアナ様とサンカイア様にもこのことを伝えておこうと思って、彼女たちと会うことにする。

そうして先方に指定された場所——ディアナ様の部屋に足を踏み入れると、笑顔のお二人が私を迎えてくれた。

軽く挨拶(あいさつ)を交わしてから、後宮の近況について話し始める。

「レナ様、暗殺者を差し向けられたと聞いておりますが、大丈夫でしたの？」

ディアナ様が心配してくれた。

「問題ありませんわ。侍女たちが対処しましたから。でも、今後どうしても私だけで対処できないことがありましたら、お二人にご相談しますわ」

私は自分の侍女たちを信頼している。もっとも、世の中に絶対はないから、過信しすぎると痛い目を見ることになるけれど。

「ベッカ様が医者を呼んだという噂は、ディアナ様もレナ様もご存知ですわよね？ それについてどう思われますか？ やはりご懐妊なさったのかしら？」

サンカイア様が尋ねてくる。

「それはまだわかりませんわ。ただ、ベッカ様が男性と密会しているのは確かなようです。けれど侍女たちが目撃しただけで決定的な証拠がなくて、陛下の側近であるトーウィン様にご協力いただこうと思っていますの」

私は、メルが暗殺者を捕まえた際にトーウィン様に見つかったことも説明した。すると、お二人は顔を寄せ合ってこそこそと話し始める。

「側近がこちらについたってことは……」

「レナ様の正妃への道が……」

お二人がなにを話しているかはよく聞き取れなかったけれど、私にとって不利益なことではないみたいだ。だから問い詰める必要もないと思って話が終わるのを待っていると、やがてディアナ様がこちらを向いた。

「ともかく、トーウィンがこちらの味方になったというのはいいことですわ。私もアースから情報を聞き出すことはできますが、あくまで後宮の妃としてしか動けませんもの。

トーウィンならば、アースの情報をいち早く入手することができますし、その情報を使えば動きやすくなるでしょう」

サンカイア様もその言葉にうなずいた。

「そうですわね。それにしても、陛下の側近まで味方につけるとは……流石レナ様の侍女ですね」

「喜ぶのはまだ早いですわ。トーウィン様と協力できたからといって、不安は残りますもの……。いまのところ、私が調べられる限りの状況証拠をトーウィン様にお伝えして、陛下に密会の現場を押さえていただくのがいいと思っているのですが、果たしてそれで上手くいくのでしょうか……」

私はトーウィン様について詳しく知っているわけでも、交流があるわけでもないから、不安だった。

「それは大丈夫だと思いますわ。トーウィンはアースの側近をやっているだけあって、優秀ですもの。きっと力になってくれますわよ。念のため私からもアースに情報を伝えておきますわ」

ディアナ様がそう言ってくれて、少し安心した。

「あとは、暗殺者への対処でしょうか……レナ様、証拠は集めていますの？」

「ええ。けれど、どれも状況証拠ばかりなのです」

証拠は集めている。けれど誰が暗殺者を差し向けているのかを証明できるような決定的なものはない。

次に暗殺者が送り込まれてきたら、絶対に言い逃れできないような証拠をつかんでみせる。

そう思っているのだけれど、あれから動きはない。それに、リアンカ様とベッカ様以外に動く人もいるかもしれないと思うと、考えることは多い。

「それと、エマーシェル様のことも次の手を準備したいですわ。いまは嘘の噂を使って守れていますけれど、いつバレるかわかりませんし、彼女を守るための態勢を整えたいですわね」

私がそう口にしたら、二人はうなずいてくれた。

＊

もうすぐパーティーが開かれる。

そんなわけで、新しいドレスを作ってもらおうとしているのだが……

「ああ、やっぱりレナ様にはこういうドレスがお似合いですわ」

なぜかサンカイア様が侍女たちに紛れている。

ちなみにドレスの準備は、サンカイア様の友人であるヒィラネア様がしてくれた。

「ここはこうしたほうがいいかしら？」

「いや、それでしたらこっちのほうが――」

「レナ様にはこういうのもお似合いですわよ」

サンカイア様と侍女たちが一生懸命話し合っている。

私の衣装のことなのに、蚊帳（かや）の外になってしまっているのは少しさびしい。

そんな彼女たちには、最高に美しくしてほしいと頼んである。

パーティーにはあの方がいる。あの方は私のことなど気にしていないだろうけれど、少しぐらいは視界に入れてもらえるだろう。その時には完璧な姿でいたい。

「ところで、サンカイア様もパーティーに参加されるのですわよね。ご自分の準備は大丈夫なのですか？」

「私のほうはなにも問題ありませんわ。ヒィラネアにちゃちゃっとやってもらいましたし。それよりレナ様の準備のほうが重要ですわ」

サンカイア様はにこりと笑って続ける。

「レナ様はこの後宮で成し遂げたいことが沢山あるのでしょう？　ならば、まずはドレスで格の違いを見せつけなくては。リアンカ様とベッカ様の抑止力となるためにも、ディアナ様と並ぶ後宮の権力者を目指すのがいいでしょう。ディアナ様とレナ様が並び立てば、誰も好き勝手できなくなりますわ。……むふふ、そして私の目的である、レナ様の正妃への道も」

　最後は小さすぎてなにを言っているのかわからなかったが、サンカイア様はとにかく私を着飾らせたくて仕方がないらしい。

　けれどそれだけでは、彼女の言うような権力者にはなれない。

　サンカイア様やディアナ様のことは味方につけたけれども、後宮には他にも沢山の妃が存在していて、下級貴族の妃たちだって軽視していい存在ではない。

　一人ひとりの力は小さくても、まとまればそれなりの勢力になる。

　歴史を振り返ってみても、弱者が団結して強者を倒すといった例は多々あるものだ。

　彼女たちと交流すらできていないのだから、私は後宮の権力者にはほど遠い。

「あ、そういえばレナ様」

「どうしたの、カアラ？」

「トーウィン様の様子が少しおかしかったですわ。なにか悩んでらっしゃるみたいでした」

「あら、また会ったの？」

「向こうから会いに来たので」

カアラは陛下の側近であるトーウィン様と、定期的に交流しているようだった。前は駒としか考えられないと言っていたけれど、話しているうちに恋が芽生えたりしないのかしら？

それにしても、トーウィン様の様子がおかしかったなんて話を聞くと、陛下の周囲でなにか面倒なことでも起きたのではないかと、少し不安になってしまう。

トーウィン様はこちら側についてくれたとはいえ、なにもかも話してくれるわけではないと思うし。

「カアラ、事情を聞き出せそうなら、聞き出してもらっていいかしら？」

「はい。もちろんです」

カアラがうなずく。心配ごとも、調べなければならないことも、どんどん増えていく。

「パーティーには侍女を連れていけないから、少し不安だわ」

侍女や護衛をパーティー会場に連れていくことはできない。

警備体制の敷かれた会場に護衛を連れていったりしたら、王宮を信頼していないともとられかねない。

「パーティーの間は、会場周辺の警備をお願い。なにかおかしなことがあったら私に伝えて。それが無理なら貴方たちで考えて行動しなさい」

「はい。レナ様」

サンカイア様たちが私の衣装のことをどうのこうのと話している間に、私はカアラにそんな命令を下した。

「レナ様」

パーティーの前日、後宮を歩いていると声をかけられた。

声の主は、アマリリス様だ。

相変わらず陛下のお渡りをかわしておられるという報告は聞いていたけれど、アマリリス様の部屋で話して以来、一度も会っていなかった。

そんなアマリリス様が、私に声をかけてきたので驚く。

私のアマリリス様に対する認識は、味方でもなく敵でもないといったところ。

アマリリス様ならば、陛下の正妃として問題ないと思っているが、本人が領地に帰りたいと望んでいるのだからどうしようもない。

だからいまのところ、こちらからアマリリス様に接触する気はなかった。

「アマリリス様、私になにかご用ですか？」

「レナ様は、色々と動いていらっしゃるようですね」

アマリリス様は部屋に閉じこもっていることが多いとはいえ、侯爵令嬢だ。

私のように、侍女たちを使って後宮のことを把握してはいるのだろう。

「ご存知でしたのね」

「レナ様が、後宮のことで頑張っていらっしゃるのは知っていますの。でも、あまり派手に動くのはやめたほうがいいと思いますわ」

アマリリス様は私に向かってそう言った。

「レナ様が動けば動くほど、レナ様自身が危険な目にあいます」

どうやらアマリリス様は、私のことを心配してくださっているようだ。

「ご忠告いただき、ありがとうございます」

アマリリス様は純粋に私を心配してくれているようだから、余計に嬉しく思う。

でも……

「私に、なにもしないという選択肢はありませんわ。危険な目にあったとしても、私は目的を果たしたいのですから」

私は陛下を幸せにしたい。陛下の力になりたい。

この後宮にいるからこそ、できることが沢山あるのだ。

本当にそのためだけに、幼い頃から努力してきた。

「レナ様は……どうしてそんなに頑張るのですか？」

眉尻を下げて、困ったように笑いながら、アマリリス様はそう問いかけてきた。

「以前も申しましたが、ある方の幸せのためですわ。私はその方の幸せのためなら、自分が危険な目にあおうが構わないのです。それに、私には信頼できる侍女たちがいますもの。そうやすやすとやられるつもりもありませんわ」

危険なのは十分承知だ。それでも私は構わない。

あの方のためになれるなら。

「……そうですか」

「ええ」

「……頑張ってください。私にはそれしか言えませんわ」

アマリリス様はそう言って、その場から去っていった。

色々調べきれていないことは沢山ある。

だけど時間は待ってくれず、すぐにパーティーの日がやってきた。

私はパーティー会場に向かいながら、いまの後宮の状況を整理している。

限られた時間で集めた、バラバラの情報があった。それら一つひとつをつなぎ合わせて、答えにたどり着くことはなかなか難しい。

けれど、パーティーでなにかが起こるかもしれないということは、誰だって想像できるだろう。

私は自ら（みずか）が寵愛（ちょうあい）を受けているという噂を流した。そして誰かが……おそらくベッカ様とリアンカ様が、私を排除しようと動いた。

でも、私はいまもこうして生きている。

そんな状況で、私を殺そうとした誰かは焦っているはずだ。

ならばこのパーティーで一番起こりそうなのは、私の暗殺かしら？

暗殺の方法としては、まず毒殺が考えられる。特に飲み物になにか仕込むのは誰にでもできるだろう。

それとも、普通に暗殺者を使って私を殺そうとするだろうか。

パーティー会場の中では人目もあるし、警備の者もいるから難しいだろうけど、一人になったところを狙えば可能だと思う。警戒しておこう。

侍女たちが傍（そば）にいない以上、自分の身は自分で守らなければ。死んでしまっては元も子もない。

死んだら、もう陛下の顔を見られないし、陛下のために動けない。折角（せっかく）後宮の妃になれたのに、そんな無念なことはないだろう。

あれこれ考えているうちに、ようやく頭の中が整理できてきた。

このパーティーで私がすべきことは、次の三つ。

第一に、エマーシェル様のフォローをすること。

第二に、不測の事態が起こった時、陛下の手を煩（わずら）わせないように対処すること。

第三に、自分の身を守ること。

そうして私はパーティー会場に到着した。今日のパーティーは、前回と同じように王宮内のホールで行（おこな）われる。ただ、前よりは小さいホールだった。

……ああっ、今日は盛装した陛下を見られるのだ。

それを思えばちょっとワクワクしてくる。

会場に入って、私が真っ先に確認したのはエマーシェル様の姿だ。彼女は慣れない様子で壁際にたたずんでいる。

そんな彼女を見ていて、ふとある可能性が頭をよぎった。

仮に陛下がエマーシェル様を正妃に望んだとして、彼女がそれを拒んだら……？

貴族の令嬢であり、この場に妃の一人として呼ばれている以上、断るなんてしてはならないことだ。

けれど、エマーシェル様にそんな常識があるのかどうかは……ちょっとわからない。

私には信じがたいことだけれど、エマーシェル様が陛下の求婚を断るなんてことも、想定しておかなければならないのかしら？

そんなことを思いながら、ベッカ様とリアンカ様にちらりと目を向ける。

彼女たちは下級貴族の妃たちを何人か侍らせていた。その姿を見て、彼女たちの考える幸せと私の考える幸せは違うのだろうな、と思った。

このパーティーでなにかを起こすつもりかどうかはわからないけれど、注意は怠れない。

会場には、アマリリス様の姿もあった。陛下のお渡りを拒み続けている彼女も、流石にこういうパーティーには参加せざるをえないようだ。

そうしているうちに陛下が現れ、パーティーが始まった。

陛下は、華やかな衣装をお召しになっていて、いつまでも見ていたくなった。黒で統一された、シンプルだけれど上品な服がよく似合っている。

パーティーが始まってから、陛下はエマーシェル様に何度か視線を向けていた。いまのところその視線に気づいた者がいないのは、せめてもの救いと言えた。

リアンカ様とベッカ様も、エマーシェル様が陛下から特別視されていることには気づいていない様子だ。私はひとまずほっとする。

とはいえ、これ以上エマーシェル様に意味ありげな視線を送られては、周囲に二人の関係が悟られてしまう。それを阻止しようと、私は陛下とエマーシェル様の間に立つ。

すると、陛下に睨まれてしまった。

私は思わずドキドキする。陛下が私に向けてくださる感情ならば、それがどんな種類のものであっても私は幸せだ。

陛下が私を睨んだのは一瞬のことで、すぐにこちらに背を向け、彼の近くにいるディアナ様と話し始めた。

そういえば、この前のパーティーの時、エマーシェル様はディアナ様に飲み物をかけてしまっていた。

おそらくエマーシェル様はこういう社交の場に慣れておらず、緊張していたのだろう。

今日は大丈夫だろうか？

そう思って横目に見たエマーシェル様は、前回と変わらず緊張した面持ちだった。

二回目のパーティーなので、もう少し余裕があるかと思っていたが……そうでもなさそうだ。

もしかしたら、陛下の視線に気づいて萎縮しておられるのかしら？

「ごきげんよう、レナ様」

サンカイア様が話しかけてきた。

「……サンカイア様、子猫は可愛いですわよね」

私はエマーシェル様を子猫にたとえて、サンカイア様に注意を呼びかけた。

サンカイア様は、私が突然そんなことを言っても動じることなく、普通に返事をしてくれる。

「ええ、そうですわね」

「あまりに可愛くて、目が離せないのですわ。サンカイア様も気にかけてくださいませ」

サンカイア様は心得たというように笑ってくれた。

パーティーの間、エマーシェル様をずっと見張っておき、彼女が注目を浴びないようにフォローするなんてこと、私一人では難しい。

それをしようとしたら、どうしてもエマーシェル様の傍にいなくてはならないし、明らかに不自然だ。サンカイア様が協力してくださるだけで、大分助かる。

そう思いながら、ちらっとベッカ様の様子をうかがう。

ベッカ様はお酒を呑んでいた。ということは、妊娠はしていないのだろう。なら、この場でいきなり『陛下の子供を妊娠しました』なんて言い出す展開にはならないはず。

私がほっとしていると、音楽が流れ始めた。

今回のパーティーでは、陛下が妃の一人ひとりとダンスを踊ることになっている。

会場の中央にダンスのスペースが設けられ、そこに陛下とディアナ様が立った。

最初は、ディアナ様が陛下と踊るようだ。爵位の高い順に踊っていくものだから、ディアナ様の後は私かアマリリス様が踊ることになる。

ディアナ様の後にアマリリス様が踊り、ついに私の番になる。

私は会場の中央に立つ陛下の前に進み出た。陛下が私の手を取り、もう片方の手を腰に添える。

陛下と手を取り合って踊れるなんて、私は幸せでたまらない。

たとえそこになんの感情もなかったとしても、陛下が私を見てくださるだけで嬉しい。

こんなに近くで向かい合っていると、幸せすぎて貴族令嬢としての仮面がはがれそうだ。

私は平常心を保つため、あえて陛下のことを意識の外に追い出した。

陛下と踊りながら、ちらりとベッカ様とリアンカ様を見る。彼女たちは、私が陛下と踊っていることが気に食わない様子だ。

特に、リアンカ様はわかりやすい。

彼女は笑みを浮かべてこちらを見ているが、その目は笑っていない。それどころか、明確な敵意がこもっていた。

彼女たちのそんな反応は想定の範囲内だ。私への敵意が明らかだから、警戒を怠(おこた)りさえしなければ問題はない。

それよりも……

私はさりげなく周りを見回す。

こちらに向けられる視線の中に、不審なものがないか。私はそれを探した。

もし敵意を向けられていれば、その人を要注意人物として調べることができる。

そうしてしばらく注意して周囲を見ていたけれど、気になる人は特にいなかった。

私が踊り終わると、リアンカ様の番がくる。

リアンカ様が踊っている間中、ベッカ様はなぜかずっと私のほうを見ていた。

やがてベッカ様の番がきて、彼女は陛下のほうへと歩き出す。その時、私に勝ち誇ったような笑みを向けた。その笑みを見て、少し嫌な予感がした。

その時、王宮の一人の侍女が、私に飲み物を持ってくる。「ありがとう」と受け取って、離れていく侍女を目で追った。

私に渡されたのと同じ飲み物は、その侍女によって他の妃たちにも配られていた。それを口にした妃たちは、なにごともなく笑っている。少なくとも、彼女たちに渡されたものには、おかしなものが含まれていないのだろう。

でも……

自分の飲み物に鼻を近づけると、妙なにおいがした。本来その飲み物からはしないはずのにおいが。

私だけを狙って、なにか混入させたのかもしれない。

少なくとも私が知っている毒のにおいではない。死に至るような毒は、ほとんど全てにおいを記憶しているから、命の危険があるようなものではないのかもしれない。

けれど、私が知らないだけということもある。

これは飲まないほうがいいだろう。だけどこのグラスをずっと持っているわけにもいかないし、かといってどこかに置いておいて、誰かがうっかり飲んでしまったら危険だ。

あまりこういうことはしたくないのだけれど……仕方がない。

私はグラスを持ったままディアナ様へと自然に近づいていく。そうしながら周囲を見回し、近くにいた給仕の侍女に目星をつける。

「ディアナ様、楽しんでいらっしゃいますかっ……ああっ」

私はディアナ様に近づきながら、その侍女の足にわざと引っかかった。

体が傾くのと同時にグラスも傾け、中身を床に零す。けれど上手く加減して、入っていた飲み物を少しだけグラスに残した。

「も、申し訳ありません！　大丈夫ですか⁉」

侍女が真っ青になってそう言った。

「ごめんなさい、私が不注意でしたわ。謝罪は結構ですので、こちらの片づけをしていただいてもいいかしら」

「はい、もちろんです」

給仕の侍女が、床に零れた液体を綺麗に拭いてくれる。

ディアナ様が慌てて駆け寄ってきて、私に言った。

「レナ様！　大丈夫ですか？」

「ええ、大丈夫ですわ」

私はそう答えながら、グラスに残しておいた液体を手持ちの小さな入れ物にさっと入れる。後でなにが入っていたのかを調べるためだ。

なにも含まれておらず、私の杞憂に終わるならばそれでいい。けれどなにか混入してあったのなら、妃のうちの誰かがそういうものを所持しているということだ。

どちらにせよ、調べる意味はある。

それにしても、エマーシェル様がこういうことの標的になってしまったら本当に大変だ。彼女は先ほど配られた飲み物を、なにも考えずに飲んでしまっているみたいだし、警戒心が薄すぎる。

そんな風に考えていたら、陛下がこちらを見ていることに気づいた。陛下は私を疑っておられるから、先ほどよろめいて飲み物を零したことを不審に思われているのかもしれない。でも、そういう視線であったとしても、向けてもらえてとても嬉しい。

その後、陛下は妃たち全員とダンスを踊った。いまは椅子に腰かけて休憩なさっている。

私はというと……だんだん気分が悪くなってきた。

おそらく先ほどの飲み物が原因だろう。口をつけていないけれど、少しだけにおいを嗅いだせいか、ふらついてしまう。

においだけでこれなら、飲んだらどうなっていたのかしら。

「レナ様、顔色がよくないですわよ。大丈夫ですか？」

ディアナ様に心配そうな顔をされた。

「少し気分が悪いので、隅のほうで休んできますわ」

夜風に当たりたいところだけど、こういう時に一人になるべきではないだろう。本当に殺される可能性がある。

陛下に無様な姿を見せたくないから、もっとしゃんとしていたい。だけど、ふらついてしまってそれも無理だ。壁に寄りかかり、ふぅと息を吐く。

そうして休んでいると、すぐ近くに陛下がいた。

さっきまで向こうにいらした陛下が、どうしてここにいるのだろう。そう疑問に思っていると、陛下が私に話しかけてきた。

「レナ・ミリアム。具合が悪いのか」

それを聞くために、わざわざ声をかけてくださったらしい。なんて嬉しいことだろう。

「……いえ、大丈夫ですわ。なんでもございません」

もちろん嘘だけれど、ここで具合が悪いと言って退出するわけにはいかない。

「陛下、私は大丈夫です。それより、あちらで妃たちがお待ちですよ」

そう言ってにっこり笑った。

陛下はなにか言いたそうな顔をするが、なにも言わない。

私に不信感を持っておられるだろうに、なんだかんだで私を心配してくださる。

そんな陛下のことが、私は愛おしくてたまらない。

陛下は結局、それ以上なにも言わずに、他の妃たちのもとへ向かった。

リアンカ様とベッカ様は、相変わらずこちらを睨みつけていた。


少し休むと体調はすぐに回復し、パーティーが終わる頃にはふらつくこともなくなる。

そうしてなんとか無事に二度目のパーティーは終わった。

会場を出て侍女たちと合流する。メルとチェリには、それぞれエマーシェル様とベッカ様の護衛についてもらった。

私はカアラとフィーノを連れて、ひとまず後宮に戻ることにする。

パーティーの間、会場の外でなにか不審なことはなかったか報告を聞きつつ、庭園を通り抜けようとしていた時のことだった。

突然、なにかが飛んできた。

フィーノがそれを弾いた直後、何人かの人影が現れる。

明らかに暗殺者だった。
一、二、三……四人もいる。全員、夜闇に紛れる地味な色の服装だ。

私が今日ここを通ると予想していたのだろう。パーティーのことに気を取られて、安全な移動経路のことまで考えていなかった。少し迂闊だったかもしれない。

私が妙に冷静なのは、カアラとフィーノが傍にいるからだ。

フィーノが先ほどの攻撃を簡単に防いだのを考えると、彼女たちのほうがこの暗殺者たちよりも手練れだということだろう。

暗殺者たちが一斉に襲いかかってくる。私のほうへ向かってこようとする暗殺者の行く手を、侍女の二人が阻んでいた。

数ではこちらが不利なのに、二人は見事に応戦している。

武器を手にしていないにもかかわらず、暗殺者たちと対等に……いや、彼らよりも優位に立っている。体の全てを使って二人は対応していた。

私は余計な動きをすべきではない。下手に動けば、二人の足手まといになってしまう。

そう考えて成り行きを見守っていた。

すると暗殺者の一人が、カアラとフィーノの攻撃をかわして私のほうに向かってきた。

二人はそのことに気づき、止めようとするが間に合わない。

暗殺者が私の眼前に迫る。

まずい！

そう思った時、ここにいるはずがない人の声が響いた。

「そこでなにをしている」

その声を、私が聞き間違えるわけがない。いつまでだって聞いていたいと思う声。

それと共に、ある現象が起こった。

竜巻のような勢いのある風が、私と侍女たちの間を駆け抜ける。

これは魔法だとすぐにわかった。

侍女たちには、よっぽどのことがない限り使わないように言っている。

その魔法が、四人の暗殺者たちを吹き飛ばした。

暗殺者たちは魔法が使われたと気づき、蜘蛛の子を散らすように逃げていく。

逃がしてしまったか、と頭の片隅で思ったが、それよりも重要なことがある。

魔法を使った乱入者。その人は……

「陛下……どうしてこちらに？」

なぜこの方が、ここにいるのだろうか。

＊

パーティーが終わった後、俺はレナ・ミリアムを追いかけていた。どうしてそんなことをしていたかといえば、二つ理由がある。

一つは、先ほどパーティーで彼女がふらついていたのを見て、毒でも仕込まれたのではないかと考えたからだ。

もう一つは、先日、俺宛てに『レナ・ミリアムが狙われている』と書かれた手紙が届いたからだった。差出人の名前こそ書かれていなかったが、筆跡をごまかした様子もないという、怪しい手紙だった。トーウィンは女の文字だと言っていた。

……レナ・ミリアムを疑う気持ちは当然ある。しかし、本当に狙われているならば見過ごすわけにはいかない。

そうして後を追いかけた結果、レナ・ミリアムが襲われているところに遭遇したのだ。

そこで見たレナ・ミリアムの侍女たちは、明らかに異常だった。

『魔力持ち』だとは聞いていたが、それにしても戦い慣れすぎている。

そんな侍女たちを後宮に連れてきている時点で、レナ・ミリアムはますます怪しい。

「陛下……どうしてこちらに？」

暗殺者たちが去ると、レナ・ミリアムは美しく微笑み、そう問いかけてきた。いましがた命の危険にさらされていたというのに平然としている。

俺がこの場に現れたことに驚いていたようだが、それも一瞬だった。その後は、貴族の令嬢らしいすました笑みを浮かべていた。

「……どうしてもなにも、狙われているものを放ってはおけないだろう」

「陛下はお優しいのですね。でも、私は大丈夫ですわ。それよりも、陛下はご自身が心から守りたいと思う方を気にかけてくださいませ。では」

レナ・ミリアムはそう意味深なことを告げて去っていった。

暗殺者に命を狙われても、平然としている。

本当に、レナ・ミリアムという女はわけがわからない。

彼女のことはもう少し調べるとして、まずは後宮の妃に暗殺者を差し向けた者を、どうにかしなければならないだろう。

＊

陛下が突然現れたので驚いてしまった。

侍女たちと共に自分の部屋へと戻りながらも、私の心臓はまだバクバクしている。

暗殺者に襲われた場所は後宮のすぐ目の前で、パーティーを終えたばかりの陛下がいるようなところではなかった。

どうしてあんなところにいたのだろうか。

襲撃の場に現れた陛下は、私を訝しむというよりも、心配してくださっているように見えた。

陛下が私のことを心配してくださったと思うだけで、どうしようもなく嬉しくなってしまう。自分でも単純だと思うけれど、嬉しくて仕方がない。

魔法を使う陛下はかっこよかった。まさかあんな風に助けてくださるなんて……

魔法を簡単に行使できるというのは、それだけ魔法の扱いに優れているということだ。

私には魔法を使う才能がないのもあって、ますますドキドキしてしまった。

それにしても、パーティーで少し具合が悪いのを悟られてしまったのは不覚だった。

だって、そのせいで陛下の手を煩わせることになってしまったのだ。

部屋に戻った私は、椅子に腰かけながら深く反省する。

「レナ様、先ほどの暗殺者ですが、状況からしてベッカ様の差し金ではないでしょうか？

密会について調べていたのを、どこかで感づかれてしまったのかもしれません」

カアラがそう言いながら、難しい顔をしている。

「ええ……。密会についてはまだ十分な情報が集まっているとは言えないけれど、対応を早めた方がよさそうね。カアラ、ベッカ様の密会についてわかっていることを、全てトーウィン様に伝えてもらえる？」

「わかりました」

カアラがうなずくと、今度はフィーノが口を開く。

「レナ様に調べるように言われた飲み物なのですが、おそらく意識を朦朧とさせるような薬ではないかと思います。命を奪うほどの毒物ではありませんが、飲んだら気分が悪くなり、最悪の場合は倒れてしまっていたかもしれませんわ。レナ様、よく飲まずにいてくださいましたね！」

侍女の中でもフィーノは特に薬に詳しくて、すぐになにが入っていたかを突き止めてくれた。

「勘が働いたの。それににおいが違ったわ」

フィーノの報告を聞きながら、飲まなくてよかったと一息つく。

仮にも後宮の妃なのだから、自身が口に含むものに対しては最大の注意を払う必要がある。

私はミリアム侯爵家の娘であり、後宮の中でも高い地位にある。さらに私のもとに陛下が訪れているという噂を流しているのだから、狙われるのは当たり前だ。

「流石ですわ、レナ様」

「レナ様の勘はよく当たりますものね！」

カアラとフィーノの言葉に、私は笑う。

その後、私は思いのほか疲れてしまっていたのか、すぐに眠ってしまった。

＊

「――そういうわけで、ベッカ様は、そのうち陛下の子を妊娠したなどと騒ぎ立てると思いますので、その前にこの情報を有効活用してください」

俺――トーウィンの前にはいま、カアラさんがいる。

カアラさんに会えたことは嬉しいけれど、伝えられた情報には少し頭を抱えてしまう。

先日、ひょんなことから、レナ様の侍女たちが四人とも『魔力持ち』で、護衛も兼ねているという事実を聞かされた。

そして俺は、レナ様がなにを考えているのかも知ってしまったのだ。

話を聞いた俺は、レナ様はどれだけ陛下のことが好きなんだ……と驚いた。

そんなに好きなのに、レナ様は自分から正妃になる気はないという。

陛下のことを思って一途に働いている姿を少しでも見せてくれたら、陛下も絆(ほだ)されるのではないかと思う。

けれどレナ様は、下手に完璧すぎるせいで、逆に陛下に不審に思われていた。

カアラさんからは、レナ様や彼女たちに関する情報も好きに使っていいと言われた。

けれど、いざ陛下に伝えるとなると、どう伝えればいいんだろうか。

レナ様が、実は陛下のことが大好きだと伝えても、あの人は信じないだろう。

そして、いま持ってこられた情報についても、一体どうすればいいのか……

ベッカ様が男と密会していて、陛下以外の子を孕(はら)む可能性があるという。どうしてレナ様は俺でさえつかんでいないような情報を握っているのだろうか。

それに、これを陛下に告げるとして、どういう経緯で手に入れた情報だと説明すればいいのやら。

決定的な証拠があれば楽だが、ないようだし、そうすると密会の現場を押さえるのが一番いい。

そうカアラさんに言ったら……

「レナ様もそう考えておられます。だから貴方にお伝えしているのですわ。いままでの密会の日付を考えると、次はこの日に来るのではないでしょうか。現場を押さえるならそこが狙い目です。ベッカ様は陛下の目が自分に向いていないのを承知で、結構な頻度(ひんど)で会っているようですわ」

カアラさんがそう言った。なんでそんなことまで把握しているんだ。

「妊娠しているのなら、もう男が来る必要はないのでは？」

「医者を呼んだという噂が流れているだけで、まだ妊娠していないのだと思いますよ。そういう報告はそちらにもいっていないのでしょう？　レナ様のもとへ陛下が通っているという噂のせいで、ベッカ様は焦っているようですから、いまより頻繁に会って妊娠しようとするのではないでしょうか？」

「確かに……」

言われてみればその通りな気もする。

子ができるということは、それだけ特別な意味を持つ。さらに陛下の初めての子ということになるのだから、その価値は大きい。

そう考えれば、本当に妊娠しているなら、いち早くこちらに情報が回ってきているだろう。隠す必要性なんてないのだから。

「レナ様は陛下のことが本当に好きなので、陛下のことを大切に思っておられないベッカ様が正妃になることを望んでいません。というか、私はレナ様こそ正妃に相応（ふさわ）しいと思うのですが。実際のところ、陛下はエマーシェル様のことをどうお思いなのですか？」

どうしてエマーシェル様のことまで知っているのだろうか……。陛下はその情報が漏れないように、かなり気をつけて会っていたというのに。

「どうって……気に入ってはいるだろうけど、それが正妃にしたいっていう感情かといえば微妙だと……」

「そうですか」

「どちらにせよ、陛下はレナ様のことを警戒しているから、彼女が正妃に選ばれるのは難しいんじゃないかな」

「でも、レナ様は世界で一番可愛らしいのですよ？　レナ様の素（す）を見れば、どんな男でもころっとやられるに決まっています」

カアラさんは、レナ様のことが本当に好きでたまらないのだろう。真顔でそんなことを言っている。

そもそも俺と親しくしていたのも、情報を聞き出すためだったらしいし、カアラさんは、俺のことを使い勝手のいい駒としか思っていないようだ。

……でも俺はそれを知っても、カアラさんのことが好きだと思う。

俺は気を取り直して、カアラさんとの会話を続けた。

「……そうか。でも、レナ様はそれを望んでいないのだろう？」

「望んでいないというか、レナ様は自己評価が低いですから……。自分が陛下に愛されるわけがないと思い込んでいるだけです。陛下に望まれたなら、喜んで正妃になるでしょう」

カアラさんはそう言って目を伏せる。

「私はレナ様に幸せになっていただきたいのです。レナ様は陛下の支えになれるなら、好いてもいない相手と結婚だってするでしょう。けれど私は、レナ様には好きな人の傍で笑っていてもらいたいのです」

聞いていて思うのだが、レナ様はまだ十六歳なのに色々と達観しすぎではないか。

陛下に好かれることはそっちのけで、陛下のためにと行動しているらしいが、もう少し自分の幸せを望めばよいのにと思ってしまう。

「レナ様は陛下のために動けるだけでも幸せだ、などと言うのですが、私は、やはりレナ様に正妃になってほしいのですわ」

「……俺も、カアラさんがそこまで信頼しているレナ様なら、正妃にしてもよいとは思う。身分も申し分ないから、誰も文句を言わないだろう。でも、決めるのは陛下だからな……」

「それは当然です。陛下の意思を無視するような真似をしたら、レナ様に嫌われてしまいますから」

嫌われないのなら、やるのだろうか？

そう思ってしまうような言い方だった。

その後、カアラさんは「ベッカ様の情報、ちゃんと有効活用してくださいね」と言って、去っていった。

残された俺は、この情報をもとにどう動くべきか、そして、レナ様のことを陛下にどう伝えるべきかと考えて、頭を抱えるのであった。

＊

「……それで？」

執務室で、トーウィンがある報告をしてきた。俺——アースグラウンドはそれを静かに聞く。

「ベッカ様が、不義を働いている可能性が高いと申し上げたんです」

「……それは、どこからの情報だ？」

俺はトーウィンに問いかけながら、いかにもありえそうなことだと思った。

ベッカ・ドラニアは、リアンカ・ルーメンと並んで露骨（ろこつ）に正妃の座を狙っている。夜伽（よとぎ）に行くと、二人ともそれはもう、うんざりするくらいに媚（こび）を売ってくる。

とはいえ、王位を継いだばかりの身で上級貴族をないがしろにするわけにはいかない。

「あーっと……」

トーウィンはなぜか言いよどむ。

「なんだ、言えないのか」

「レナ様の、侍女といえばいいでしょうか。そこから得た情報です」

トーウィンが言いにくそうにしていた理由がわかった。

レナ・ミリアムか……

この前のパーティーの時、俺にはレナ・ミリアムがわざと飲み物を零（こぼ）したように見えた。その後、壁際でじっとしていたのを見るに、あれには毒かなにかが含まれていたに違いない。

そういうふりをして俺の気を引こうとしたのかと疑ったが、そうでもなさそうだった。

それにその後、暗殺者に襲われてもいた。俺の気を引きたいのならば、怖かったと泣きついてくるはずだ。

けれどそういうこともなく、普段通りのそつない態度で去っていった。

俺を害するつもりはないようだが、そう簡単に信頼していいものかわからない。

少なくとも、現状では判断材料が少なすぎる。

ただ、暗殺者に狙われているような状況を、放っておくべきではない。

「いままでのレナ様への嫌がらせには、少なからずベッカ様が関与しています。おそらく、陛下がパーティーの後に目撃したという暗殺者も、彼女が差し向けたものかと思われます」

トーウィンはそう言って、さらに続けた。

「陛下はお疑いかもしれませんが、間違いのない情報だと思いますよ」

実はベッカ・ドラニアの密会については、ディアナからも聞いている。

その情報にもレナ・ミリアムが関わっていそうだから、簡単に信用はできないけれど、無視もできない。

「……ならば、証拠をつかめ」

トーウィンにそう命じる。

「もちろんです。その密会の相手がいつ訪れるかという情報を……これまたレナ様の侍女からですが、仕入れています。現場を押さえるのが手っ取り早いと思うので、その方向で動く予定です」

トーウィンがここまで言うなら、もう手はずは整っているのだろう。任せて問題なさそうだった。

そう思っていると、トーウィンがさらに言葉を付け加える。

「陛下、一言申し上げますが、レナ様のことは信用していいと思います。俺の主観も入っているとは思いますが、あの方は信用できます」

「目的がわからない者を警戒するのは当然だろう」

侍女に入れあげているからといって、そんな基本的なこともおろそかにするとは。我が側近ながら情けない。

「あー……それなんですが、言っても多分、陛下は信じないと思うんですよね」

トーウィンは急にもったいぶった言い方をした。

「なんだ、言ってみろ」

「レナ様は、陛下を愛しているから行動しているだけですよ」

「は？」

思わずそう言ってしまったのも、仕方ないだろう。

そんな理由で行動するなんて、まずありえない。

いままでのレナ・ミリアムの態度を思い出してみても、それが本当だとはとても思えなかった。

そもそも、レナ・ミリアムが俺を好いているのならば、正妃を目指しているはずだ。

けれどそんな風に感じたことはない。

「陛下、とりあえず……まぁ、いまはレナ様のことは置いときましょうか」

「そうだな……」

レナ・ミリアムの本心に関しては、いま言われたところで本当かどうかわからない。

ベッカ・ドラニアのほうをどうにかするのが先だ。

「それで、ベッカ様についてですが、密会の現場を押さえるために兵を用意するつもりです。陛下も同行されますか？」

「ああ」

王家の血を継がない子を産んで、王の子だと言われても困る。

ただ、公（おおやけ）には知られていないが、王の子であるかどうかは魔法具によって調査される。

　だから子が生まれれば、俺の子であるかどうかはわかるわけだが、もし違っていても色々と面倒だ。

　不幸な子を作りたくもないから、事前にどうにか対処しておきたい。

　そう思いつつ、トーウィンから細かい作戦の内容を聞くのだった。

　俺はレナ・ミリアムの侍女から得た情報通りの日に、トーウィンと近衛騎士と共に、ベッカ・ドラニアのもとを訪れた。

　そうすると案の定、ベッカ・ドラニアは、とある貴族の男と密会していた。どうやって後宮にまで侵入してきたのかと頭を抱えたくなる。

　俺は必要最低限しか後宮を訪れないが、それでも舐めた真似をしすぎだろう。

「どうして私がっ⁉」

　自分で男を手引きしておきながら、ベッカ・ドラニアはそんなことをほざいていた。

　あとで調べてみると、ベッカ・ドラニアは後宮の警備を一部買収していたようだ。

　後宮をきちんと掌握できていない自分にため息が出る。

　ベッカ・ドラニアのことは、買収された警備の連中共々処罰した。

　余罪がないか問いただすと、ベッカ・ドラニアはそれで罪が軽くなると思ったのか、洗いざらい自分の行いを吐いたのだ。

その結果、パーティーの後にレナ・ミリアムを襲った暗殺者は、ベッカ・ドラニアの手の者だったと判明した。

ただし、あのパーティーでレナ・ミリアムに薬を盛ろうとしていたのは、ベッカ・ドラニアではないらしい。

また、彼女が暗殺者を差し向けたのは今回が初めてだそうだが、レナ・ミリアムは何度か暗殺の危険にさらされていたと聞いている。

ベッカ・ドラニアの言うことが真実ならば、リアンカ・ルーメンの仕業だろうと予測できるが、明確な証拠はないため、処罰するには至らなかった。

「……後宮とは面倒だな」

全ての処理が終わり、執務室でため息をついていると、トーウィンが困ったように言った。

「それはそうですけど、ちゃんと正妃は決めなければなりませんよ」

「わかっている」

正妃は決めなければならない。そうしなければ、いつまでも面倒な争いが続くだろう。

正妃を決めるために、後宮を開くことには納得していたが、思っていたよりも面倒くさい。

父上が亡くなる前に、もっと後宮の扱いについて聞いておけばよかった。

そう思うが、どうにもならないことを嘆いても仕方がない。

「レナ様の侍女の情報は正しかったですね」

「……ああ」

「いまは無理でも……レナ様のこと、ちょっとは考えてくださいね」

トーウィンにそう言われて、俺は静かにうなずくのであった。

＊

「ベッカ様の件は、トーウィン様が上手く片づけてくださったようね」

私は自分の部屋で、チェリとメルからベッカ様の結末を聞いた。

私はもしトーウィン様が失敗したら……と心配していたけれど、彼は上手くやってくれたらしい。

私が自分で動いたら、陛下に取り合ってもらえなかった可能性もあったので、トーウイン様が解決してくれてよかった。

もちろん、トーウィン様が失敗したら、私が動いたのだけれど。

それにしても、子供か……

今回は未遂に終わったけれど、あの方の血を継ぐ子供が、妃の誰かの体ではぐくまれている可能性がある。

陛下の子なら、絶対可愛いと思う。愛している方の子だから、そう思うだけかもしれないけれど。

私も陛下に、その……だ、抱かれているから子種(こだね)をもらっているわけで、妊娠の可能性もあるのよね。そう思うと顔が熱くなってきた。

「パーティーの後の暗殺者はベッカ様の差し金だったってことはわかったけれど、他の暗殺者は違うと主張していたのよね」

トーウィン様からはそう聞いた。

「だとすれば、それ以外の暗殺者については、リアンカ様の仕業(しわざ)かしら。こちらも証拠をつかんでなんとかしたいわ。まったく……彼女たちは陛下のことを少しも好いていらっしゃらないのかしら」

ベッカ様が陛下に心からの愛情を持っていたら、きっと他の人と密会するなんていう、彼を裏切るような真似はしなかっただろうに。

自分の幸せと人の幸せは違うことぐらい、ちゃんと理解している。けれど、やっぱり私はそんな風に考えてしまうのだ。

するとチェリが言った。

「リアンカ様がなにを考えておられるかはわかりませんわ。でも、陛下が好きだからこそ、他の者を排除しようという気持ちもあるのですよ」

その気持ちはわからなくはないけれど、好きな人の手を煩わせる行為や、好きな人の大切な人を傷つける行為をすれば、その人に嫌われてしまうのではないだろうか。

チェリはさらにこう言った。

「レナ様は、嫉妬しませんの？」

メルもチェリの言葉にうなずく。

「そうですよ。嫉妬しないんですか？」

「しないわけではないわ。だって私は陛下のことが好きだもの。でも、長い間陛下を好きでいるうちに、そんな気持ちは捨ててしまったの」

陛下は美しい方だし、王太子だった時から女性に人気だった。

だから、いちいち嫉妬していてはキリがない。ずっと陛下に恋している間に、ただ幸せになってほしいと願うようになったのだ。

昔は嫉妬もしていたけれど、いまは陛下の妃でいられるだけで幸せだし、陛下が幸せになってくれることを一番に願っている。

「本当にレナ様は……もう少し自分の幸せを望んでくださいよ」

「私たちもレナ様に幸せになってほしいんですけど！」

チェリとメルが口々に言う。

「ふふ、私はもう十分幸せよ。何度も言っているでしょう？」

そう答えたら、二人にため息をつかれた。

「……レナ様はそういう方ですものね」

「レナ様のことは、私たちが幸せにしてみせますわ」

二人はぼそぼそとなにかを言った。よく聞こえなかったので、「なにを言ったの？」と尋ねたら、なんでもないとごまかされた。

まあ気にしなくていいだろう。

「それよりも、レナ様。まだ毒を仕込んだ犯人は捕まっていないのですから、気をつけてくださいね」

「全然効果がなくて、相手も焦っていると思うので！」

二人にそう言われて、私はうなずいた。

「ええ、もちろんよ」

ある日の夜、陛下が私のもとへ来ると連絡がきた。

後宮の妃の一人として、もう何度か抱かれている。でも、そういう行為には慣れない。愛しい方に触れられることに慣れる日など、来るのだろうか？

いつも胸が苦しいくらいに高鳴って、どうしようもないほどの幸福を感じる。

だって、愛しい方に触れてもらえて、抱いていただけるのだ。それを幸福と呼ばずになんというのだろうか？

そんなことを考えながら、私は侍女と共に夜着を選んでいた。

陛下がやってくるのだから、精一杯おしゃれしたいと思うのは当然だ。陛下は私のことを警戒しておられるし、私がどういう服を着ていようと気にしないかもしれない。だが、やはり、陛下を愛している者として、少しでも綺麗な姿を見ていただきたいと思う。

私は準備を終え、ドキドキしながら陛下を待った。

「レナ・ミリアム」

やってきた陛下は私の名を呼んで、なにかを言おうとして、だけどなにも言わない。

……よくわからないけれど、前に来た時とは様子が違っていた。

「なんでしょうか」

向けられる目は、いままでの疑いの目とも違っている。

どうしてかしら。

それがどういう感情かはわからないけれど、陛下が私を見てくださるだけで嬉しい。

そんな思いで見つめ返していると、陛下はまた私になにか言いたそうにして、だけど結局口を開かなかった。

私はこの愛しい方のためなら、なんだってしようと思っている。

陛下の正妃に相応しい方を探したり、後宮で問題が起こらないように行動したり。

そうすることは正直大変だけど、陛下のためと思うだけで、私は頑張れる。

そうしてその晩も、ただ義務的に抱かれた。けれど、前みたいに乱暴ではなかった。

目が覚めた時には、もう陛下はいなかった。けれど嬉しくて、幸せで、そして恥ずかしくて、ベッドの上でばたばたしてしまう。

「レナ様……なにをしているのですか」

カアラが呆れた声で言った。

「……幸せを感じているだけよ」

「何度も抱かれているでしょう？　レナ様は本当に可愛いですね」

実家から連れてきた侍女たちには、恥ずかしい姿を沢山見せてしまっている。

彼女たちの前でもきちんとしたいとは思いつつも、昨夜のことを思い出すだけで、こう……幸せでぽわぽわした気分になってしまうのだ。

この幸せを糧にして、陛下のために頑張ろう。陛下がどの妃を愛していらっしゃるのか調べて、そしてその方を正妃にできるよう全力で応援しよう。

陛下、私頑張りますわ!!

私は幸せに酔いしれながら、改めてそう決意した。

書き下ろし番外編

レナ様は昔から可愛くて仕方がない

「はぁ……陛下がここにいらしていたなんて、本当に夢のようだわ」

私、カアラの主であるレナ様は、もう何度も陛下に抱かれているというのに、いまだにそんな可愛いことを言っている。

枕に顔を押しつけて、レナ様は恥ずかしそうな表情を浮かべている。

レナ様は恥ずかしいから周りには見せたくないと言っているけれども、私はその表情こそレナ様の一番可愛い部分だと思う。恋をしているレナ様はどこまでも可愛い。

そう思いながらレナ様のことを見ていたら、

「レナ様、どうしました？」

メルが問いかける。

ちなみにフィーノとチェリはレナ様の言いつけで、情報収集に行っている。

「……この前のパーティーで陛下に助けていただいた時のことを思い出したの。魔法を使って、助けてくださったでしょう。それって、まるで物語のお姫様みたいじゃない。魔法で危険から守ってもらえるなんて……。はぁ、かっこよかったわ」

レナ様は陛下に助けられた後でも、陛下の前だからと気丈な態度を見せていた。レナ様は、陛下の幸せのために、いつも気を張っている。

そんなレナ様だが、気を抜くとこんな風に可愛らしい姿を見せるのだ。

「ふは……ああ、本当にかっこよかった」

レナ様は茶色の瞳を瞬(しばた)かせて、そう口にする。きっと頭の中では、陛下に助けられた時のことが鮮明に再現できているのだろう。

足をバタバタとさせて、顔をにやけさせている。その可愛い顔をもっと私たちに見せてくれてもいいのに、枕に顔を押しつけて隠してしまう。

それからしばらくの間、枕に顔を押しつけていたレナ様はまた、はっとしたように起き上がる。

そして表情を貴族然としたものに戻す。陛下のかっこよさを思い出して、悶(もだ)えていたのが恥ずかしくなったのかもしれない。

「レナ様、陛下のことを考えて愛らしい姿を見せる時間は、もう終わりですか？」

「終わりよ！　だって私は陛下のためにやらなければならないことが沢山(たくさん)あるもの。陛下の力になるために、もっと学ばなければならないことが沢山(たくさん)あるのですもの！　陛下が正妃を選んだ後に力になれるようにしなければ！」

そう言ってベッドから起き上がり、気合を入れ直した。

その台詞(せりふ)に私もメルも、レナ様は本当に……という気持ちになってしまう。どうしてこんなに献身的で、どうしてこんなに可愛らしいのだろうか。

レナ様は夜伽(よとぎ)の後だというのに、ミリアム侯爵家から持ち込んだ、他国の情報をまとめた本を手に取る。この本はレナ様がミリアム侯爵家にいた頃に、知り合った外交官にまとめてもらったものである。

レナ様は昔から何事にも一生懸命で、陛下に一目惚れをしてからは陛下のためにと、いつだって必死だった。

本と向かい合うレナ様を見ながら、私は昔のことを思い起こしていた。

*

「私、王子様をしあわせにしたいの！」

「王子様を幸せにですか。レナ様はお姫様になりたいのですね」

「ううん。ちがうわ！」

私が子供の頃。レナ様はなぜか私を含む何人もの子供を集めて、教育をしてくれていた。

その当時の私がレナ様に抱いていた印象は、気まぐれな貴族令嬢だっただろうか。

美しい金色の髪に、愛らしい丸々とした茶色の瞳を持つ、お姫様のような貴族の令嬢。

だから私はレナ様の王子様を幸せにしたいという発言は、王子様と結婚してお姫様になりたいだけなのだろうなと思っていた。

だけど、レナ様の言葉の意味は違っていた。

「王子様は王様になるの。王様になった王子様の隣に、私がいられるかはわからないもの。いられない可能性のほうが高いって、そう聞いているの。だからね。王子様が好きな人としあわせになれるようにお手伝いしたいの！」

私は、レナ様の言っている意味がよく理解できなかった。私以外の子供たちも理解できなかったみたいで、頭にハテナを浮かべていた。

「私は王子様を幸せにするために頑張るの！」

レナ様はそう言って、いつだって一生懸命だった。

レナ様によって集められた私たちがレナ様と過ごす時間は限られていた。その限られた時間の中、レナ様はいつも私たちと共に行動をしていた。

身分の差は大きいのに、私たちと一緒に過ごしてくれるから、私たちは皆、レナ様に親近感を覚えた。それにレナ様は誰かのことを馬鹿にしたりなどしない人だった。

だからこそ、私も徐々にレナ様に心を許していったのだ。


ある日、私たちは恋愛話をすることになった。レナ様より年上の、十歳ぐらいだったけれど、もう恋人がいたような同僚が言い出したのだ。

私たちはレナ様に集められた身であったけれど、自由時間というものも結構あった。

その同僚は、休みの日に街に出て恋人を作ったらしいのだ。

私たちは教育と教育の間の休憩時間、中庭に並べられている椅子(いす)に座って、おやつを食べながら会話を交わしていた。

「レナ様は好きな人がいるんですよね！　どういう人なのか教えてほしいです！」

「王子様ですよね？」

「レナ様の好きな人！　やっぱり貴族様だからかっこいいのですか？」

そんな感じでレナ様に問いかける。

「えっと……そ、そうですわね」

レナ様は先ほどまでうんうんとうなずきながら、周りの話を聞いていたのに、急にしおらしくなってしまった。

レナ様は私たちと一緒に戦闘技術を学んだりしている時は、もっと堂々としていて、こんな風に照れた表情をすることはなかった。

だからこういうレナ様を見たのは初めてで、私も含めた皆が驚いたものだ。

「私の好きな方、とっても身分が高い方ですの。……お会いしたのは一度だけだけど、私は、あの方のことがその、だ、大好きになりましたの」

顔を真っ赤にしてそう語るレナ様。あまりの可愛さに私は固まってしまった。

「それでそれでレナ様は、その人のどんなところが好きなんですか？」

「レナ様、可愛いですね！　レナ様はそんなに可愛いのですから、その人もレナ様のことを好きになってくれますよ」

私はそこまで恋愛というものに興味を抱いていなかったが、女の子というのはそういう話が大好きである。私の周りの子供たちは、それはもうレナ様を質問攻めにしていた。

ちなみに私は可愛いレナ様を見つめ続けていた。

この時、大人も周りにいたが、彼らもにこにこと笑ってレナ様のことを見守っていたように思う。

「あうぅ……」

レナ様は顔を真っ赤にして恥ずかしがった。

そしてキラキラした目を向けてくる子供たちの視線に耐えられなくなったのか、椅子から立ち上がって——「用事を思い出したわ！」などと言って走り去っていってしまった。

なんて可愛いのだろうと、レナ様の可愛さを実感したものだ。

そうしてレナ様と過ごしていく日々の中で、私たちはレナ様の可愛さを知り、レナ様のためにと最初は真面目にやっていなかった勉強なども、一生懸命やるようになったのである。

＊

「カアラ、どうかしたの？　珍しくぼーっとしているけど」

「メル……。ちょっと昔の、小さな頃のレナ様を思い出していただけよ」

私がそう言えば、メルも「小さな頃のレナ様も、とても可愛かったよね」と口を開く。

ちなみにまだレナ様は勉強中で、私とメルは邪魔にならないように小声で会話を交わしている。

「ええ。可愛らしかったです。今よりも恥ずかしがり屋さんで、陛下のことを話せば、すぐ顔を真っ赤にしていて」

「うん。可愛かったね。今も可愛いけれど。私、レナ様のことを幼い頃から見ていられて幸せだなって思うもの」

「ええ。私もずっと見つめることができて幸せです」

私は心の底から、レナ様の傍にいられて幸せだと思う。

レナ様は十六歳という年にしては、なんでもできて完璧な令嬢に見えるかもしれない——でもそれはレナ様の努力の証である。

小さな頃のレナ様は「これ、できないの……」と悔しそうにしていることもあった。その悔しさをバネにできることを一つひとつ増やしていったのだ。

——私、王子様をしあわせにしたいの！

幼い頃の言葉を叶えるために、レナ様はこうして後宮にいる。

幼い頃から愛してやまない陛下を幸せにするために、ここにいる。

「……ふはぁ」

レナ様が眠たそうに欠伸をした。

私と目配せしたメルが、レナ様に声をかけた。

「レナ様、そろそろ寝ましょう」

「キリがいいところまで読みたいのだけど……」

「寝たほうがいいですわ。寝不足は美容の敵ですからね」

そう言えば、レナ様は観念したようにベッドに横になる。

「おやすみなさい。カアラ、メル」

「おやすみなさい、レナ様」

すやすやと眠ったレナ様は、寝顔も可愛いのです。昔から可愛くて仕方がないレナ様。

そんなレナ様の幸せを、私はいつでも願っています。

新感覚ファンタジー

RB レジーナ文庫

悪役なのに平和主義!?

転生少女は自由に生きる。

池中織奈　イラスト：杜乃ミズ

価格：本体 640 円＋税

乙女ゲームそっくりな世界に転生したルビアナ。ゲームでは悪役で家族仲も最悪だったけれど、現実では可愛い弟妹と楽しい学園生活を送っていた。しかし、乙女ゲームのヒロイン・メルトが転入してきたことで、学園はどんどんおかしくなっていき――？　ちょっと不思議な乙女ゲームファンタジー！

詳しくは公式サイトにてご確認ください

https://www.regina-books.com/

携帯サイトはこちらから！

新感覚ファンタジー
RB レジーナ文庫

猫と一緒にのんびり暮らし!?

追放された最強聖女は、街でスローライフを送りたい！　1～2

やしろ 慧　イラスト：おの秋人

価格：本体 640 円＋税

幼馴染の勇者と旅をしていた治癒師のリーナ。聖女と呼ばれるほどの魔力を持つ彼女だが、突然、パーティを追放されてしまった！　ショックは受けたけれど、そのことはきっぱり忘れて、憧れのスローライフを送ろう！……と思った矢先、もう一人の幼馴染アンリと再会。喜ぶリーナだったけれど――!?

詳しくは公式サイトにてご確認ください

https://www.regina-books.com/

携帯サイトはこちらから！ 

RC Regina COMICS
追放された最強聖女は、街でスローライフを送りたい! 1
原作◎やしろ慧
漫画◎オミクニ
大好評発売中!
アルファポリスWebサイトにて
好評連載中!
待望のコミカライズ!
"聖女"と呼ばれるほどの魔力を持つ治癒師のリーナは、ある日突然、勇者パーティを追放されてしまった! 理不尽な追放にショックを受けるが、彼らのことはきっぱり忘れて、憧れのスローライフを送ろう!……と思った矢先、幼馴染で今は貴族となったアンリが現れる。再会の喜びも束の間、勇者パーティに不審な動きがあると知らされて——!?
勇者に追放され、自由の身!のはずが
騎士も魔物も聖女をほうっておかない!?
アルファポリス 漫画
検索
B6判／定価:本体680円+税／
ISBN 978-4-434-27796-2

Regina COMICS
緑の魔法と香りの使い手 1
原作◉ Megu Toki
兎希メグ
漫画◉ Mamezo
まめぞう
大好評発売中!
アルファポリスWebサイトにて好評連載中!
待望のコミカライズ!
ハーブ好きな女子大生の美鈴は、ある日気づくと緑豊かな森にいた。そこはなんと、魔力と魔物が存在する異世界！　魔物に襲われそうになった彼女を助けてくれたのは、狩人のアレックスだった。
美鈴はお礼に彼のケガの手当てを申し出る。
ハーブを使って湿布をすると、呪いで動かなくなっていた彼の腕がたちまち動くようになり……!?
転生薬師、大活躍!!
女神様にもらった最強スキルで世界中を癒やします
アルファポリス 漫画
検索
＊B6判 ＊定価：本体680円＋税 ＊ISBN978-4-434-27897-6

本書は、2017年6月当社より単行本として刊行されたものに書き下ろしを加えて文庫化したものです。


この作品に対する皆様のご意見・ご感想をお待ちしております。

おハガキ・お手紙は以下の宛先にお送りください。

【宛先】

〒150-6008 東京都渋谷区恵比寿4-20-3 恵比寿ｶﾞｰﾃﾞﾝﾌﾟﾚｲｽﾀﾜｰ 8F
（株）アルファポリス　書籍感想係

メールフォームでのご意見・ご感想は右のＱＲコードから、
あるいは以下のワードで検索をかけてください。

ご感想はこちらから

レジーナ文庫

妃は陛下の幸せを望む 1

池中織奈

2020年10月20日初版発行

文庫編集－斧木悠子・宮田可南子
編集長－太田鉄平
発行者－梶本雄介
発行所－株式会社アルファポリス
〒150-6008 東京都渋谷区恵比寿4-20-3 恵比寿ｶﾞｰﾃﾞﾝﾌﾟﾚｲｽﾀﾜｰ8階
TEL 03-6277-1601（営業）　03-6277-1602（編集）
URL https://www.alphapolis.co.jp/
発売元－株式会社星雲社（共同出版社・流通責任出版社）
〒112-0005 東京都文京区水道1-3-30
TEL 03-3868-3275
装丁・本文イラスト－ゆき哉
装丁デザイン－ansyyqdesign
印刷－株式会社暁印刷

価格はカバーに表示されてあります。

落丁乱丁の場合はアルファポリスまでご連絡ください。

送料は小社負担でお取り替えします。


ISBN978-4-434-27981-2 C0193